にんげんは夢を盛るうつわ

森 まゆみ

みすず書房

にんげんは夢を盛るうつわ　目次

本書は『みすず』誌連載の「寺暮らし」（一九九九年七月号、
二〇〇〇年二月—二〇〇二年六月号）を編集したものです。

人の距離

仕事以外については面倒くさがりで、自分から何か新しいことをするのは臆病だ。本棚も机も、越してきたときのまま、買い替えようと思って果たせない。ましてや機械は。携帯電話には興味もなく、悪意すら感じていた。持っていない人間にとって、あれほど嫌なものはない。新幹線の中でピーピー、町角でピーピー。そのたびに心臓が鳴る。歩きながら通話に夢中でぶつかってくる人もいる。

団子坂上の喫茶店でおいしいカレーを食べていたら、目の前の女性が携帯をかけていた。

「あ、社長、いま仕事終わりましたョ。契約取れましたって。千五百万です。いまご飯食べてるとこで……」とマニキュアの爪に煙草をはさみながら大声でしゃべりつづける。

生命保険の勧誘員かなんかだろうか。私がじろじろ眺めたので、その女性はあわてて勘定をすませて出ていった。自分の町の気に入った店をこういう形で汚されるのはたまらない。

別のフランス料理屋は気どっていて、子どもお断わりである。私は子どもお断わりとか、入るとすぐご予約ですか、とくる店は大嫌いなのだが、たまたま前を通ってすいていると、味はまあまあなので入ることもある。ところが隣席の太った大男が、

「あ、いま会社。今日も遅くなるからご飯いらない」

とケータイをかけているので後悔した。どこが会社だって。あんた、女とランチだろう、と腹が立つ。子どもを断わるより、携帯をやめさせた方がよほど店内は静かなはずである。携帯というこの熟語もややこしくて字面が美しくない。脱腸帯とか腰帯とか妙なことを想像してしまう。

ところで私は事務所にも家にも不在がちなので、仲間には迷惑のかけっぱなし。一日に何回も、私を探す電話がかかってくるという。だから、〆切は守り、ゲラのファックスは適宜返し、用のありそうな仕事先にはこちらから連絡しているはず。一回こっきりの講演や原稿を頼んでくる財団や自治体、プロダクションにかぎって、やたら何度も電話をかけ、ファックスを送りつけてくる。ついでにいうと、自治体職員は電話代もファックス用紙も自分では買わないためか、コスト意識がまったくない。膨大な資料や、どうでもいい自分のエッセイまで、何十枚も役所からファックスで送りつけてくる。

悪いからケータイ持とうか、というと、仲間たちは、これ以上機械の奴隷になることないよ、といってくれる。彼らは大人だから、依頼のうち枢要なのはどれか、私が受けるか断わるかなど大体わかるからよいのだが、子どもたちは電話をかけてくる人は、まともでない人にもまともに対応してしまう。お母さんのこと探してるからすぐ電話してあげて、とくる。

何度も母親あての電話をとるのがいやだ、自分たちも母親に連絡をつけたいことがある、と子どもたちは私に携帯を持たせたがった。

そんな矢先、電話機はタダ、使用料は一九九〇円という安い携帯の加入をさそう電話が来た。渡りに船で入ることにした。ただし受けるのはタダだが、こちらからかけると三十秒四十円と高い。申し込むと何日かしてセールスマンが家に来て、契約書を書かされ、機械とマニュアルを置いていった。

さっぱりわからない。帰宅した子どもたちの方はあっという間にのみ込んで、呼び出し音や時間を設定してくれ、オモチャ代りにしている。それで私は充電して外に持って出たものの、一ヶ月というもの一度もベルが鳴らない。

全然かかってこないのよ、というと家族は、当り前だろ、俺たちしか番号を知らないんだもの、と笑う。編集者の人とかに教えたら、というが、私はそれはこわい。むやみに電話がかかってくるのは面倒だ。

夕ご飯の最中、ピーヒャラピーヒャラと音がする。何だ、あれは、とみんなで箸を止めた。息子が叫ぶ、お母さんの携帯だよ。そこで私は床をはいずって二つ目のカバンから携帯を掘り出し、ハイと出ると、五十嵐さんですか、ときた。さみしい。最初にかかったのがまちがい電話だなんて。

今では番号も少しは知ってる人がふえたので、たまにかかるが、このいつ電話がかかってくるかわからない、という恐怖に馴れるのには時間がかかる。電車の中でピーと鳴ったとき、携帯をもつ人はみなギョッとしてポケットに手をやる。全然ちがうメロディなのに。テレビドラマの中で電話音がするのも、まったく違う音なのにギョッとする。あれと同じ。持ってないころはバーカと笑って眺めていられたものが、持ってみると他人事ではなくなった。図書館、映画館、コンサートホールなどで、こまめに電源を切らねばならぬのも面倒くさい。

便利だと思うこともないではない。仕事のつごうで十人でバラバラな時間に新幹線で大阪に集まったとき、どの店に入るかも場当りだったのに、遅れて来た人と今どこにいるの、と連絡をとり、無事、鶴橋の焼肉屋で落ちあうことができた。

昨年、スペインに旅したときも、成田で国際携帯を一日千円で借りた。これも便利。一日、見物してホテルに戻ると、電話をかけようにも日本で子どもは学校に行ってる時間だし、一夜明けて朝かけると向うは真夜中である。その点、携帯は移動中、家族が家にいそうな時間を見図らって連絡がつけられる。レンタカーで走っていて、車の中から今夜の宿をミシュランのガイドブックで物色し予約することもできる。いちいち公衆電話を探さなくてよいのがありがたい。

携帯ができて人の距離感が変わった。待ち合せの橋の上で恋人たちが行き違う、というロマンチックなこともなくなったし、吉幾三じゃないが「いまは、どこに、いるの、あなた」、という悲しみもない。私が一コマだけ教えている大学の学生たちも、授業が終わって一杯飲みにいく？　というと、先生、あいつも呼んでいいですか、いまアルバイト先にいるんで、と各自携帯をピコピコやり出す。本郷の居酒屋では四人のつもりが八人になったりして教師は物入りである。

インターネットとかホームページというのも、面倒くさがりの私は避けているのだけれど、友だちの家へ行ったら、ヒットさせてみようか、といって私の名で検索したら三十八件だか出てきた。最近の新聞記事の中にちらっと出てきたのや、講演会で話したこと、新刊の刊行などまあ、自分のことがすべて調べ上げられている。国民に総背番号なんてつけなくたって。

最近、読者と名乗る人が、突然自宅へ電話をかけてくる。そして会いたいという。こちらは別に個人的にお会いする気はありません、本を読んで気にいっていただけただけで光栄です、というと、じゃあ講演会はいつやりますか、サイン会はありませんか、だ。同じ人が何度もかけてくるので、私は恐怖にかられ、なぜ私の家の電話番号をご存知ですかと聞くと、そんなのすぐアクセスできますから、には驚いた。

また別の男の人が自宅に電話をかけてきて、同じようなことをいう。二人で新年会をやりましょう、電話番号なんてすぐ分かります。たしかに私の電話番号は私の参加している会の名簿や出版社の手帖といったものに掲載されている。が、それは会員や特定の人間にしか配られないもののはずだ。それを入手してならともかく、インターネットなどでダイレクトに私の住所や電話番号が流されているかと思うとゾッとする。

人の距離が変わった。本を読んで、著者は自分のことを何も知らないのに、著者と個人的に話したい、と思う人が増えている。しかもそれが電話ですぐにできる。企業や行政の職員が講演依頼の電話をかけてきて、初対面、じゃない初電話なのに、いかにも馴れなれしくあれこれ聞いたり、自分のことを話したりする。何十分か話して結局断わることになるが、最後に電話でお話できただけで満足です、といわれたりする。

そういうとき、アイ・ドント・ノウ・ユーと叫びたくなる。

インターネットで時間つぶしのおしゃべりをしたいとはさらさら思わない。が、探している古い資料を検索したいと思うこともある。たとえば『読売新聞』や『主婦の友』の風俗情報はCD-ROM化され、自分の知りたい人名や地名のキイワードで資料が出てくるらしい。

そういうと、最近、浩瀚な伝記を書いた友がいった。出版社の人がインターネットで資料収集を手伝ってくれたのはいいけれど、段ボール十箱も来ちゃってさ、どんどん枚数は増えるし、結局、本にするまでに全部は読み切れなかったよ。

最近、研究者の大部の著書の中にも、やたら資料や文献は引用されているが、それに埋もれて著者自身の視点や分析がほとんどない本が多くなった気がする。ははん、インターネットで集めたな。そういう本は読んで知識は増えるが、新しい知見は得られない。目のさめる思いや感動がないのである。

結局、マルクスじゃないけれど、自分で大英図書館に通って、一字一字写し、一句一句考えたことじゃないと自分のものにならないのかもね、と私はいった。私は昔からその流儀だ。とはいえ国会図書館のマイクロフィルムは順番待ちだし、東大明治雑誌文庫でもオリジナルのコピーは許されていない。待ってやっと自分の番が来る。ノートに自分の手で写す。回りくどくても人との距離、資料との距離の方を大事にしたいのである。
　二、三日放っておいたら、自分の携帯電話が見えなくなった。明日はカメラマンと町の取材に出る。それぞれ町で自分なりに、気がねなく撮影や取材をして、昼食に落ちあうには携帯が便利だ。しかたなく私は自宅の電話で携帯の番号を押した。息子の部屋の万年床の片隅で、ピーヒャララと聞きなれた音がした。

沖縄の宿

写真集のために文章をつける仕事が終わり、写真を三百枚も選んだらぐったりしてしまった。家にたまった雑誌をぼんやりながめる。月刊『現代』で池内紀さんが、旅館経営者と対談していた。「つねづね日本の旅館には強い憤りを感じていました」というその内容はことごとく肯くことばかりだ。

バブルがはじけ、日本中の旅館がバタバタとつぶれている。しかし「こんな商売をしていたら潰れるのも当然」と池内さんはいう。その理由の第一は、ひとりで泊まれないこと。一人旅が好きな本当の旅好きをはなから排除しているのではないか。

旅館の値段が一泊二、三万というのは日常の金銭感覚とのギャップが大きい。しかも部屋代がいくらで食事がいくらなのか、はっきりしないのは不合理だ。食事も宿にお任せで客が選ぶことができない。ビールの銘柄にしたって、たとえば「うちはアサヒしかおいてません」の一点張りですんでしまう。

部屋食のためパートをやとわざるをえず、彼女たちの勤務時間に合わせて食事の時間が制限される。これはまったく客の自由がきかないシステムである。しかも寝る部屋で食べるのはかなわない。朝食の上をホコリがキラキラ舞っている。

まったくそうだな、と思ってこんどは別冊『文藝春秋』を繰っていると、椎名誠さんが「旅の宿」と題して、二十年くらいのあいだに泊った宿の総決算をしている。

家族で食事中に、前ぶれもなく着飾った女将が「加賀屋でございます」と入ってきたりとか、ロビーに勢揃いして「いらっしゃいませー」とか、客が喜ぶとでも思っているのか、勘違いが多すぎる。病院においてあるような、何十年使ってるのかわからない茶色いスリッパ。飲泉は体にいいと友人がゴクゴクやったら、循環湯で「大勢のおとっつぁんのおしりの穴を洗っている湯」だったとか。吹き出しながら、いろいろ思い当る。

こうなるといくつも自分の旅の情景が浮かんでくるが、半年ばかり前、私もオッドロイた宿がある。

ある財団で市民活動助成をした団体の視察に沖縄へ行くことになった。というと景気がよさそうに聞こえるが、財源の少ないなか、助成がどんな効果を産んだか、審査員の一人である私が日当四千円で見にいったのである。

どこに泊まりましょうか、私この前グラビアで見たんですけど、沖縄第一ホテルというのは朝食が琉球料理でいいらしいんです、と同行の女性職員Kさんがいう。シングルが八千円でツインが九千円ですって。ああ、それ私も『週刊朝日』の俵万智さんの連載で見たわ、そこにしましょう、とすぐ決まった。

冬でシーズンオフだが、沖縄戦や基地に関心をもつ末の男の子も連れていくことにした。三人で那覇空港に到着、さっそく国際通りでタクシーの運転手さんに教わったうまいソーキソバを食べ、リュックをしょってホテルに着く。繁華街からすぐなのに、静かな路地に面した赤瓦の小さなホテルだった。入口の鉢に亜熱帯の花が浮いている。いいじゃない。

入ったとたん右側に大きな本棚があり、岡部伊都子、灰谷健次郎、大石芳野、澤地久枝氏など、沖縄在住者や沖縄を愛する著者の本がいっぱい並べてある。フロントに行くと、こんどは永六輔氏や筑紫哲也氏と経営者が並んでいる写真が飾ってある。へえ、文化人の宿なんだ、とKさんとささやきあった。

彼女にはシングルではなくツインが、私と息子にはツインでなくトリプルの部屋が「特別にご提供」された。建物も設備も古びてベッドのスプリングはへなへなだったが、私はこういうのはそう嫌いではない。まあホテルといっても民宿みたいだな。テーブルの上には大江健三郎氏がノーベル文学賞をとられたときの宿の女主人のコメントの記事が、拡大コピーされて載っていた。『沖縄ノート』のさいの常宿だったというのである。ここまでくるとちょっとやりすぎだ。

案内して下さる都市計画家の小野啓子さんをロビーで待つ間、このホテルが取り上げられた雑誌が、十かそれ以上も、該当ページが開かれておいてあったのも、これ見よがしである。


小野さんと連れあいの琉球大学助教授、安藤哲哉さんご夫婦の案内で、壺屋という陶器職人の多い集落に向う。そこの中心街やちむん通りが県のコミュニティ道路に指定された。ふつうならよくある赤や緑の暑くるしい舗装にされてしまうところ、県の職員、プランナーの小野さん、住民たちの早い情報収集と対案づくりが功を奏して、この町らしい白い石の通りができた。

ヌガーという菓子があるがあれによく似たリサイクルストーンは、見栄えのいいわりには安いそうである。それを道路に敷いた。店々には手作りの趣味のよいランプをつくりつけた。さらにいくつかの店のファサードを、持主と会の共同出資で美しく作り替えた。また同じリサイクルストーンをくみあわせて木陰に白いベンチを置き、見学客が休めるようにした。

それによって蛇行したこの通りの景観は、従前よりいちじるしく改善されたことがわかる。全国的にコミュニティ道路といって〝歩くのが楽しいモール造り〟化は行なわれるが、敷石、手すり、植栽、ストリートファニチャアまで業者が全国一律仕様でやっているのか、どこへ行っても似たような道になっている。河川改修でも規格品の部材によって全国一律仕様の素材、部材が使われる。オリジナルな地域にあった素材を開発し、加工し、住民も参加して手作りでやるとこんなに温かい、愛着のもてる道になることに感心した。

しかも小野さんという人がいままでの〝できる〟女性のステロタイプからよほどはずれた人だった。優秀だが、自分をそう見せない人だ。都会にいる〝エリートの女性〟はたいていハイヒールにスーツ、キャリアバッグにロングヘアー、お化粧バッチリで似たような中身のない言葉を話す。小野さんはスリムな体にGパンにジャンパー。陽にやけてショートカットで4WDの車で駆け回る。筑波大学から東京大学の大学院を出たあと、カリフォルニア大学バークレー校でジョン・アレクサンダーに学び、日本に帰って仕事をした。琉球大学で教えることになった夫と共に沖縄へ移った。いまは学位をとるため子づれでシドニー大学の博士課程に在籍中だが、夏休みなので（日本は冬だが）運良く帰省中で、私たちを案内してくれたというわけだった。

こんな爽快な女性に会えたことがうれしく、その夜は、「うりずん」という居酒屋で、泡盛を手に、ゴーヤチャンプルー、山羊のさしみ、ソーキソバ、ジーマミ豆腐、ラフテー、海ブドウなど琉球料理をひととおり味わった。

翌朝、ホテルの自慢である朝ごはんが出てきた。アシタバとかゼンマイとか体にいい山野草が並ぶ。とうふのスープ、塩は蘭塩といって蘭の花で染めた赤い塩、サトウキビのジュースもある。

とはいえ、一つ一つにご大層な説明がつくのでまいってしまう。そのたびにもう一組の女性グループは「へえーっ」「体によさそう」「まあきれい」とありがたがっていらっしゃる。ゆっくり運ばれてくる立派なガラス器や陶器にほんの一口、ほんの一枚ずつ載った葉っぱを食べる間がもてない。息子は飽きて「部屋に戻っているから」と行ってしまった。

二日目の昼は牧志《まきし》の公設市場に行く。めずらしい魚やエビが水槽に泳ぐのを「これとこれ」と指さすと、すぐ網でひっかけてくれる。二階の食堂で待ってると、選んだ魚が、刺身でも煮ても焼いても揚げ物にでも、好みの調理法で出てくる。こっちの方が気楽でいいわね、とビールを飲む。ごたくは嫌いだ。おいしいなら理屈ぬきにおいしい方がいい。

ホテルの朝食は二泊目の朝も、まったく内容から説明から変わらなかった。さすがに三泊目の朝は飽きて何か違うものはありませんかと聞くと、女主人が「ソーメン・チャンプルーならできますけど」と高びしゃな調子でいった。チャンプルーが出てくると、器は立派だが、ほんの二口三口しかない。向うできょうの午後はどこの取材？　などと女主人が確認しているのも聞こえよがしに響いた。

四日目の朝、チェックアウトのとき領収書を見て驚く。息子と二人三泊朝食付で八万円近いのだ。「シングルが八千円、ツインが九千円と聞いたのですが」というと、「ツインは一人九千円という意味です」と女主人。だけどシングルよりツインの方が一人当りが高いなどということがあるだろうか。ホテルという名でツイン九千円といえば、素泊まりの一部屋当りのことと考える方が常識的である。

しかも例の朝食が一回一人三千円。そのうえ喉が渇いて数本空けた冷蔵庫のビールが小ビンで一本千円というのにも驚いた。

せいぜい宿代は四万くらいか、足りなければカードで払おうと思ったので持ち合わせがない。しかしカードは使えないという。銀行なら国際通りを五分くらい歩くと左にありますけど、と女主人はすましたものだ。私は炎天下の国際通りを腹を立てて歩いた。その銀行は日曜で閉まっていた。さらに十分歩いてようやくお金をおろすことができた。

ロビーでずっと待っていてくれた財団のKさんは、自分が予約した宿なので恐縮していた。沖縄のいい思い出を全部飛ばさないように、私たちは国際通りでつとめて冗談をいいあい、ゴーヤマラカスなどというヘンな土産を買い込んだ。

帰ってから、『太陽』だの『ミセス』だの『婦人画報』の編集者に会うと、つい「雑誌に沖縄第一ホテルが出てたわね」とカマをかけてしまう。そうするとみな「取材を申し込んだ手前、載せないわけにもいかなくて」「クサーい宿でしょ、森さんも泊まったんですか」と反応する。「ダメなものをダメと書かないからあそこまで増長するのよ」とお酒が盛り上る。「だいたい、本だって映画だって絵だってスポーツ選手だって、ひどい仕事すれば実名で叩かれるのに、どうして料亭やホテルだと名前をぼかすんだろう。あれじゃ永さんも筑紫さんもいい迷惑だ」

営業妨害のつもりはない。〝文化人の宿〟の見たままを書いただけである。

北信南越雪譜

先に越前大野のシンポジウムに招かれた。

福井、三国、永平寺までは行ったことのあるものの、この御清水《しょうず》で有名な町は初めて。名水の故郷を見たい気持があった。

何日かして、その一日前に、長野県の北信事務所からの依頼で、町の景観形成の話をしてほしいという。翌日、福井で仕事があるから、と断わると、長野から直江津経由北陸線で十分、次の日の午後、福井へは行けますよ、という。

北陸線に乗ってみようか、という気になった。

しかも、今書いている伝記の主人公が、長野の近くの小布施《おぶせ》に戦時中、疎開していた。そのことを追加取材するため、私はさらに一日早く長野へ向った。オリンピックで改築されたとんでもなく無粋な長野駅で降り、長野電鉄に乗り換えて小布施に着いた。

小布施の小さなホームからは北信五山が雪に煙っている。クリーム色に赤い帯の湯田中《ゆだなか》行特急が、私一人をホームに残して、線路を走って消えていった。

小布施は駅前からして美しい町である。

小布施堂、桜井甘精堂、竹風堂の三つの栗菓子屋がおいしい落雁や最中をつくり、それがよく売れ、その財力を町に投資して、美術館や洒落たレストランや民芸品店をつくっている。歩道は栗の木のブロックを埋め、銀行などの建物も栗色の、町にあった和風の建物にしていた。

栗菓子の元祖は桜井甘精堂で、江戸は寛永のころ、すでに落雁をつくり出しているらしい。小布施堂の市村家は、枡一という酒屋の方が本業で、そこに私の主人公舞踊家・林きむ子と詩人・柳波夫妻が戦時中疎開したとき世話になっていた。市村家は葛飾北斎の庇護者である高井鴻山を出した旧家で、先代は町長をつとめ、小布施がこうした美しい町になったのも、彼のリーダーシップによるものだという。

枡一酒店経営の「蔵部」というレストランで昼食にすると、サービスで冷えた銀の器に自慢の冷酒をなみなみとついでくれた。それを飲み干して、雪の降る庭をずっと眺めていた。庭の端を尾長のような鳥がチョンチョンと飛んでいった。

それから当時、青年団長として林柳波夫妻と親しかった市村孝さんのお宅で二、三時間、話をうかがい、ご好意に甘えて車で渋温泉まで送ってもらった。オリンピック道路を〝跳んで〟行きます、という。この土地では車で走ることを、〝跳ぶ〟というらしかったが、雪の降りはじめで道が凍り、跳ぶというよりすべるような感じだった。

クラシック・ホテルや三階建の木造旅館が好きな私は、渋温泉の金具屋に予約の電話をかけてみたのだが、女の一人旅というと愛想が悪かった。あいにく団体でいっぱいで、とすげなく断わられ、もう一つガイドに載っていた初の湯は小さな旅館だった。

雪で遅れて着いた私を、「いつ見えなさるか」と玄関で待ってくれたお女将は「ま、ゆっくりお風呂に入ってからご飯になさって」と親切だった。この宿にして良かった。市村さん宅で栗菓子や梅の砂糖漬けをどっさり頂いた私には、食べ切れない夕食だった。湯上りに缶ビールを飲んで布団でウトウトすると九時半である。

九つある外湯が十時で閉るのを思い出し、寒いから浴衣に着がえず、セーター、Gパンの上に綿入り伴纏をひっかけ、サンダルをはいて、町に出た。細い道の両側に木造の旅館が立ち並び、一軒の仕舞屋から三味線の音が洩れてくる。雪が積もって、まるで映画のセットのように美しい、懐かしい町並である。

宿泊客は外湯九つどれにも入れる鍵をもらえる。私は結願の湯という大湯に入った。蒸し風呂のある立派なもので、湯は鉄分を帯びた茶色。体のがっしりしたおばあさんが「寒も明けなのに寒いねえ」と湯につかった。工務店を経営し、いまも仕事に出ているという。「誰かお嫁さんが来てくれないか」と私をじっと見る。四十になる長男が独り身なのが、胸に応えているらしかった。ハハハ、大学生の娘がいるんですよ、といってはぐらかしてしまったけれど。宿に戻ってこんこんと寝た。

朝、障子戸の向うがほんのり白くて目が覚めた。六時半。朝湯が開く時間だ。また着替えてタオルをぶらさげ、外湯に入りにいった。雪が吹きつけて寒いので、外湯を見つけるたび雪宿りして休み休み歩いた。全部には入らなかったが熱い湯、ぬるい湯、赤い湯、透明な湯があった。ぬるい竹の湯にじっとつかって、学生時代、友だちと野沢にスキーに行って、こんな外湯に入ったことを思い出したりしていた。

遅い朝ご飯を食べると迎えの方が来て下さって、午後、中野市で無事、都市の風景に関する講演もすんだ。長野駅への道も心配されたが、どうにか日本海へ出る信越線の特急に間にあう時間につく。

するとアナウンスがあって、直江津への特急〝みのり五号〟は雪で大幅に遅れるという。困った。今日は北陸線に乗りついで金沢まで行くつもりである。今年初めての大雪、さて、いつ出るかわからぬ特急を待つか、東京に戻って明日小松へ飛行機で飛ぶか。いや、この様子では飛ばないかもしれない。名古屋泊まりで新幹線米原経由がいいか。あれこれ福井へたどりつく方法を考えた。

しかし大雪で大幅遅れ、もしかしたら雪の中で立往生、そんな面白いことに出くわすなんて逃す手はないぞ。そう心の声がして、私は信越線で突っ込んでいくことに決めた。売店で熱燗を買おうと思ったら、みな同じことを考えるのか、売り切れだった。

〝みのり五号〟はそれでも四十分遅れで夕方五時に出た。が、他の普通列車が止まったため、学校帰りの高校生を満載して、特急のはずが徐行各駅列車となる。発車して牟礼あたりで水色だった雪原は、夜が近づくにつれ黒姫あたりで群青色に染まり、白い灯、赤い灯が樹の間にともって、なんとも夢のようであった。

妙高高原を過ぎると〝みのり〟はなぜか一気に特急になり上った。直江津に着いたのは午後六時四十三分。すでに接続すべき〝はくたか十四号〟は出たあとだ。次の十六号は十九時三十分発。四十五分ある。この分では夕食を食いっぱぐれる。思い切って直江津の町に降りてみることにした。

駅前はホテルだけで淋しい。赤いショールを真知子巻風にして、雁木のある商店街を歩き、飲食街を足先の勘で探す。出くわした作業服のお兄さんに、おいしいすし屋はありませんか、と聞く私はまるでマッチ売りの少女（？）。すし屋はないけどこの飲み屋はおいしいよ、とその人について店にとび込むとあっというまにスルメイカ、松葉カレイ、ホタルイカ、とどっさりのった刺身定食が出てきて、熱燗一合でいただく。急ぎ足で駅に戻ったが、なんと〝はくたか十六号〟は定刻より五十分遅れ、しかたなく待合室のストーブのそばで酔っぱらいの歌を聞きながら待っていると、先に〝北越四号〟金沢行が出るという。あわてて切符を変更してもらい、客のいない一号車の7Aに収まって一時間半寝た。

金沢へ行ったらジャズ喫茶でグラスを傾けるという夢ははかなく消えた。でもなんだかうきうきする。どうして女が一人旅だと淋しそうに見えるのだろう。自殺しそうと心配したりするのだろう。本人こんなに楽しいことはないというのに。

結局、長野県中野市から金沢まで七時間、日本はちっとも狭くない。定刻より二時間以上遅れて着いたので、特急券の払い戻しを求めたが、乗りついでいくら遅れても、一本の特急が二時間以上は遅れていないので払い戻しはできないということだった。不納得。

駅前からタクシーで、カメリア雪椿という宿につく。兼六園の下、小将町《こしょう》の歴史的地区にあり、ハーフティンバーの百年近い洋館を改造して洒落たB&Bになっている。遅くついてごめんなさいを言ってベッドに倒れ込む。天井が高くて気持ちいい。夜中、何度か喉が乾いて起きた。そのたびに窓の外を見る。ゴンゴンと雪は降りつづく。いくたびも雪の深さをたずねけり。

目が覚めてまた、窓から雪が降るのを見ていた。パンとコーヒーの朝食をたっぷり摂り、九時半ごろ、荷物は重いが金沢の町を駅まで歩く。歩かなければ金沢へ泊まったかいがない。靴がすべる。城をかすめる白鳥の路を通り、大手堀に沿って歩き、加賀料理の浅田屋の前をすぎ、近江町市場で、雪の白い中にまっ赤なカニがずらりと並んでいるのを見る。

横安江町のアーケード街に入ったところで「ほそをり」、という毛針の店が見える。室生犀星の憧れの人がいた店だそうだ。本願寺東別院西別院、比花町を抜けるともう駅だ。ほんとうは駅からこの道を逆にたどって宿まで歩いてみたかった。町に入る、それが礼儀というものなのに。

金沢駅発十時二十分の〝特急雷鳥〟がまたもや遅れていた。これも十五分遅れの〝特急しらさぎ〟名古屋行の方が早く着く、というので自由席にとびのる。窓の外は吹雪。期待した北陸線沿いの風景などはなにひとつ見えない。

福井十一時十分着、四十分発、越前大野行に乗る。盲腸線で山へ向う旅は楽しい。岡山から備中津山へ向う路線の紅葉もきれいだった。この越前大野への小一時間の旅も、雪に飾られた針葉樹の息を呑む風景が見られた。

越前大野は予想通り、すばらしい町である。シンポジウムに集まった人はみんな雪で到着が大幅に遅れている。雪の中を、七間道という平入り出桁の町並や、生け垣の続く寺町を歩いた。薬屋さんでは、センブリやゲンノショウコやカキの葉を昔風の紙袋に入れて売っている。酒屋さんではできたての、しぼってない酒〝たれくち〟というのを飲ませてくれた。

格子戸を磨きぬいた旧家は、その昔、水戸天狗党がこの町を通過するというとき、どうにかこの町を避けてくれ、と当主が頼みにいったそうで、町の人からいまだに感謝される家だった。その何代かあとの当主が、家の火事のさい、蔵封じに味噌を塗りに入って焼死なさったと聞いた。何よりも家が大事で、火の中にとって返した当主の気持を思い、そのとき味噌が蔵とともに焼かれて香ばしい匂いを放ったろうか、とかなしく想像した。

越前大野は土井家の旧領地で、幕末に藩財政逼迫のおり、大野屋という名のいまでいう商社をつくり、全国にチェーン店を置いて、この町の物産を売ったのだという。現在、古い洋館を改造して、平成大野屋というのを株式会社で興し、日本中とつながっているグループが元気だ。

大野のお酒はおいしい。そばもうまい。水がよいせいだろう。人びとの水汲みや洗濯、そして語らいの場である御清水はかなり水位が下がっていたが、水そのものは味にくせもなく爽やかだった。春になれば、雪解け水がまたこの水場を潤すのだろうか。緑濃いころ、この町を、また訪ねてみたい気がした。

巨人・大鵬・卵焼

旅から帰ると息子が、きのう松井がオープン戦でホームランを打ったよ、と興奮していた。うわあ見たかったなあ。

テレビというのはあれば見てしまうものである。二年前まで家にテレビはなかった。買う金も見る余裕もなかった。

集合住宅に越すとき、私は冷蔵庫を買いにいった。結婚して十八年使った緑色の冷蔵庫はくたびれ切っており、古くて重いので、ずっと省エネタイプの冷蔵庫に換えたのである。店主が集金先から戻るまでの間、私はぼんやり長野オリンピックを見ていた。清水がスピードスケートで金メダルを取る瞬間に興奮したところに店主が帰ってきた。いいでしょう、テレビって。

すすめるままにワイド画面の大きなのを買う。これで衛星放送の世界のドキュメンタリーや語学番組も見られるかもしれない。

清水という小柄な選手はいいことをいった。メダルというプレッシャーはないんですか、と聞かれて、そういうときはむしろ、プレッシャーに突っ込んでいくんです、と。これに比べると「願わくば我に七難八苦を与え給え」の山中鹿之助や「心頭を滅却すれば火もまた涼し」といったどこぞの和尚の言葉はこわばっている。むしろ田中正造の「辛酸、佳境に入る」という方がプレッシャーをはねかえすのでなく、余裕とやわらかい笑いがある。

氷上を走っているとき、何を考えてましたか、というインタビュアーに、清水は答えた。おれの間合いだな、と思いました。これまたいってくれるじゃないの。

スポーツはまるで苦手、体育の成績は2と3を変動していた私なのに、上の息子はなぜか足が速い。硬式野球部に入っていて、いろんなピッチャーやバッターのくせを物真似でやってみせてくれる。イチローの振り子打法や大魔神佐々木、桑田の投げ癖に笑いころげていた昨年の正月、私は三駅先の居酒屋で巨人の松井秀喜選手に出くわした。

そこの二階で、関川夏央、南伸坊氏ら数人で本の打ち上げでさわいでいた。そこへ店の人が、すみません、いまから巨人の松井さんが来ますから、と先触れの挨拶に来た。

二階には私たちしかいなくて、みなしーんとなった。松井だってよ。私がマツイって誰？　と聞くと、知らないの、今年のホームラン王だぜ、という。ややあって別の人が、お通夜じゃあるまいし、彼も気にするからパァッとやってましょうと取りなして、われわれはまたやんやと騒いでいた。

そこに丈高いジャンパー姿の男の人がやってきて、大きな靴をぬぐしぐさがかわいかったのだけど、ついたて一つ隔てた私たちを見て「お邪魔します」とはっきり言った。そしてテレビのニュースを小さな音でつけながら黙々と食事をし、一時間ほどすると、また私たちの方を向いて「お騒がせしました」と頭を下げて帰っていった。

「いい青年だなあ！」と口火を切ったのは関川さん。「見た？ ボールと色紙にサインしてましたよ」「いまどきあんな礼儀正しい若者はないね」「こういうとこ女性と来たりするとすぐフォーカスされるから一人なのかなあ」「モリさん、息子さんにサイン貰えばよかったのに」「よし、松井ファンクラブを作ろう」

帰った人の噂をするのは品が良くないが、ともかくそれだけのことでみな好感をもってしまい、家に帰って、「今日、飲み屋で松井に会ったよ」というと息子の目が輝いた。昨年のペナントレースが始まると、私は松井が気になって、家にいる日は巨人戦をほとんど見た。いや巨人戦のある日は外出しなかった。

懐かしかった。父は都立駒込病院の投手で四番、医業をやめてプロ野球に入ろうか悩んだくらいだ。弟はリトルリーグだった。知り合いの地元企業の社長が後楽園球場は二夕席をもっていて、行きされないからとよくチケットを貰い、八つ年下の野球少年の弟を連れていった。「王、金田、広岡」(おお、金だ、拾おうか)とか「高田、高々と打上げました」「長島、ライト線に流しました」とか下らない駄洒落をいいあって、夜空の下でホットドッグをかじっていた時代がある。

松井はいまの日本には珍しい不敵なツラ構えの男だ。若い女友だちはタカハシ君の方がいいわ、というが私は断然マツイがいい。彼女たちは、高橋がアルマーニの服のCMなのになんで俺は焼肉なんだって松井はすねてるんだって、とたわいない噂を教えてくれる。嘘にちがいない。遊びすぎでも困るけど、松井はストイックすぎますよ、などと私をからかったりする。

一方、男の人たちは松井をほめると機嫌が悪い。どこがいいんだ、ユニフォーム脱げば大工みたいじゃねえか。そうねえ、大工さんてかっこいいもん。松井は大学卒だからって高橋をいじめてるんじゃないの、という人まで。この話を息子に伝えると、「わかってねえな。甲子園で活躍してドラフト一位で入るのは球界ではエリート中のエリートなんだよ」と肩をもってくれる。

私はだんだん意地悪になり、「松井のファン」といったときの反応で、男のひとたちの権威主義、学歴主義、職業観などが見えるので面白い。インテリには根づよい巨人嫌いが多い。巨人・大鵬・卵焼とくれば、体制順応型とレッテルが貼られてしまい、阪神ファンとか横浜が好き、という方が無難である。

「ドームまで歩いて十分、地元なんだもん応援しなくちゃ」ととぼけるが、こんな近くにいるのに券が手に入ったためしはない。たまに新聞の販売店が券をくれるが、パリーグの外野席。日本ハム・オリックス戦のときは早目に外野に陣どって、イチローの球さばきにみとれたりする。

三十年ぶりにスポーツにはまるのはなかなかいい。いいところは実力主義なことだ。政界、芸能界、文壇、画壇いずれも二世が多くてヒイキが効く社会である。その不公平さもまた浮世の面白さではあるが、スポーツは数字、長島一茂はいくら監督の息子だって打てなけりゃグラウンドから去る。のめり込むととことん知りたくなる私は三ヶ月で野球のルールと投手の勝敗数、打者の打率に通じたので息子は呆れ返ってしまった。

見ているとプロ野球は日本社会を映す鏡だ。チームは会社に似ている。ダメな社長のもとひっきりなしに人事移動が行なわれていたり、社長夫人のスキャンダルで社員の士気が沮喪してたり。

恋愛や結婚をめぐっても、スポーツ界は旧態依然のモラルが残っていて唖然とする。オフに結婚した選手が翌年いい成績を残さないと妻の責任になるらしい。「そういわれたら相手がかわいそうですからね」と巨人の上原投手は二、三年は野球一筋だそうだ。夫の成績が妻の責任となるというこの「内助の功」の規範は日本社会に根づよい。妻は栄養ある手料理をつくり、夫の健康管理をし、留守を守り、夫の気を乱さないことを期待される。

昔、私のいた大学では、コンパで酔うと男たちが尾崎士郎原作の「人生劇場」の主題歌を歌って不快だった。「ああ酒は涙かため息か」というセリフではじまるこの歌は、酒と女は男が青雲の志を捨て、身をもちくずす元凶として同列に扱われていた。

眠狂四郎、宮本武蔵、机竜之助、沖田総司、みな女に慕われても誘惑に負けず剣の道に生きる。だから受ける。ときどき松井に着物を着せ袴をはかせ、腰に剣をさしたら宮本武蔵だな、と思う。さしずめ高橋は佐々木小次郎か。こんなこと考えてる私はバカみたい。

これにも二重規範があって、どうやら外国人選手はこうしたモラルから免罪されているらしい。ローズ選手はオールスター戦のベンチに子どもを入れ、MVPのお立ち台に子どもと一緒に上ったが、これは日本人選手なら、どれほど「公私混同」と批判されるだろうか。外国人選手にあっては「愛妻家」も勲章らしい。二十四歳年上の妻をもつペタジーニ選手が、遠征先で遊び（キャバレーかソープランドか知らないけれど）に誘われて、「君たちは本当の愛を知らない」と断わったのは美談になる。同じことを日本人選手がいったらスポーツ紙の失笑を買うだけだろう。

イチロー選手の結婚記者会見は鮮やかだった。「七歳年上というのは気になりませんか」という愚問に「たとえ気になっても、こんな場所でいうわけがないでしょう」。さらに「年の差をどこに感じますか」としつこく追及されて「読んだ漫画がちがうことくらいですかね」とさらりとかわし、ナイスプレーであった。しかし花嫁が七つ年下ならそもそもこんなバカげた質問は出っこない。

マスコミをシャットアウトして、親族だけでアメリカで挙式というのも彼らしくスマートだったのだが、親友が明かす彼の結婚の条件というのが、英語が堪能なこと、料理がうまいこと、親を大切にしてくれること、云々というのはちょっとがっかり。

というわけでシーズン・オフのプロ野球選手の運動会といったおよそくだらない番組まで見てしまった。結局、話を聞いていると、多くの選手の目標は短い選手生活の中でできるだけ稼ぎたい目立ちたい、その後身入りのいい職につきたい、というきわめて常識的保身的なもので、これまた日本の会社員とそうかわりない。いまのところ、本当に野球が楽しくてしかたないだけの新人、二岡と上原が掃き溜の鶴に見える。

松井が三億五千万で一発更改したのを落合博満が批判している。イチローは五億円プレーヤーだ、松井も実力に見合う額まで粘ることが、ファンに夢を与えることだ、と。

この論理は誤っていると思う。必死に働いても平均年収が数百万、リストラに泣く人も多いこの国で、松井のバットは夢を与えても、その年俸はぜったい現実とはなりえない。

上原は収入を親に預けたままの寮暮らし、その両親も「ご近所を失いたくないから」と相変らず団地に住み、お母さんはパートで働いているという。これがまっとうな感じである。

中国人の友だちがいうには、「中国のコトワザにあるよ。男は金持つと悪くなる。女は悪くなると金持つ。日本のタレントとかスポーツ選手見てるとその通りだね」

上原君、人格変わらないで欲しいけどね。

ふしぎな先生たち

空は晴れたし、洗濯物も干したし、家でくすぶっているのも勿体なくて、昼ごはんを食べに出た。坂を降りた小道に、小ぶりでおいしいレストランがある。

一人で入って席についたとたん、右も左も主婦のグループだった。しまった。スパゲティ、サラダ、ひらめのソテー、コーヒーとデザートがゆっくりと運ばれてくる間中、両隣りは喋りつづける。

「MチャンとKチャンはつきあってるらしいのよ」「K君はだめよ、危険分子だから」「S君がいいじゃない。おうちはお医者さんだし、ルックスはいいし」「S君のお兄さん、K大の経済に入ったって」「あらおうちを継がないの」「もう一人のお兄さんはT大の文学部だって」「じゃS君が医学部受けるのかしら……」

春の風のさわやかさがじっとり濁ってきたように感じられる。

彼女たちの考えはおよそトンチンカンだ。イイ大学を出ればイイ職場に入ってスバラシイ未来がひらけると、この期に及んで思っているのかしら。山一証券の倒産もニッサンのリストラも、大蔵省や国家公安委員会の不祥事も、ちっとも彼女たちを反省させなかった。驚くべきことだ。

まあ、子どもの自慢や受験情報の交換はまだ罪がないが、こうした町の喫茶店やレストランの噂話で、先生や他の生徒の評価が決められていく。エピソードには尾ひれがつき、あの子は不良、問題児、危険分子、不登校児、遊ばせない方が良い、どもりがうつる、母親がＰＴＡに非協力、自分は本なんか書いてイイ気になっちゃって……となる。おやおや、これはうちの事か。

同じ文京区、といっても一つ山越した音羽で、昨年、春菜ちゃん殺人事件というのが起こった。私はテレビも新聞もロクに見ないし、さして興味をもたなかったが、幼稚園へ送ってから、迎えにいくまでを、喫茶店やレストランでだべってすごす、というあの風景は、うちの近所でもよく見かける。ＰＴＡのあとも暇な親たちは「お茶でも」といって喫茶店にたむろする。仕事をもつ母親たちは職場へ戻る。どうせいない母親の噂をするんだろう、と背中で気にしながら。

地域雑誌を出しつづけているからか、私はコミュニティ復活論者のように思われている。

そう単純に思ってほしくない。地域の真ん中で仕事をしつづけてきたからこそ、私は地域という言葉のうさんくささ、いやらしさを他よりは思い知っている。

路地の家にいたころ、交番の巡査が全戸訪問に来て調査カードを書けというが、まず書いたことがなかった。何度も来るたびにいいわけして、次のばしにして、ある日また来たから、私は居留守を使って鳴りをひそめていた。すると巡査は隣家の老婦人を訪ねた。お隣りさんいないんですがね。あら、いないことが多いわよ。奥さん、夜もよくいないし。子どもは何人。三人よ、上が中学で、真ん中が小学校、いちばん下が保育園。ご主人はおられないのですか。離婚したのよ、出ていったのよ。……こんな調子でお喋りの隣人は私に代わってほとんどの質問に答えていた。権力にチクルな、と私は彼女を憎んだ。引越しを決めたのは主にその理由である。

現場にいる私より、研究者の方が地域に対してよほど楽天的であるように思える。戦後、GHQは戦争を末端で担った町会に解散命令を出した。そのころ学者たちは民主化を唱え、隣組だの町会だのに対し批判的であったはずだ。しかし大衆化社会がいきつくところまでいきついて、都市での人びとの紐帯が切られつくしたいまとなっては、コミュニティ復活、ふれあいといこいの町づくり、路地や銭湯、長屋は大事などといって、行政のお先棒をかつぐ学者が多いような気がする。

地域はイイ所でもワルい所でもない。神戸の震災のあとなど、ときに必要な相互扶助が発揮されるが、多くの場合、個人には抑圧的、干渉的に働く。その一番強く出るのが、イイ学校めざしての競争社会、義務教育という名の管理社会、小学校だ。

おそらく音羽でも、同じような陰湿な噂話と〝ひととの比べ〟がとびかっていたのだろう。山田被告が、春菜ちゃんの兄がお茶の水に合格したことを知らなかった、と供述したため、事件は〝お受験殺人〟から地域の〝母親いじめ〟が原因だったことにすりかわっていった。一種の〝公園デビュー〟問題である。地域の母親ボスに支配される場がこのさい、公共の公園ではなく、幼稚園だったというわけである。

マスコミはいともたやすく、論点をずらしていったが、果してそうだろうか。私は彼女が被害者の兄の合格を〝知らなかった〟とは信じられない。母親たちは自分のいじめには耐えることができる。それは殺人の動機としては弱い。それに加えて「嫉妬」がなければ。

私は名門校に子を入れた母親がじつに傍若無人にふるまい、入れなかった母親たちがどんなに憎悪に燃えるかを何度も見ている。中学受験も一段落したところでクラスの懇親会でも持ちましょう、との呼びかけで集まったとき、東大に多く入る中高一貫校に合格させた母親たちは晴ればれとお酌をしに回っていた。もちろん、すごいわねえ、お宅のお子さんは、と誉められたいがためである。一方、落ちた子の母親は欠席したり、その席で動かずうつむいたままであった。彼女たちは意気揚々とした母親の首を締めたかったはずである。受験において部外者である私は、その様子をこわごわ見ていた。

自分の子どもについていえば、早期受験をさせたいと思ったことはない。子どもはいい学校に入るために生れてきたのではない。やりたいことをやるために生れてきたのだから。そう思うようになったのは、自分が中学受験をさせられて、まさに問題の「お茶の水女子大附属」に入ったからなのかもしれない。

正直いって中学時代はあまり調子が出なかった。附属の幼稚園から上ってきた子たちはすでに確固としたグループをなしており、入り込むスキがない。「あたしら」「ぶっとばす」「ひっつかむ」といった私の下町言葉は嘲笑の的となった。そのうえ女子の二分の一しかいない男子にもさっぱりモテずに萎縮していた。

お茶の水は高校で女子だけになる。関東大震災後建った校舎は薄暗く古びていた。が、このころ、私はようやく自分を表現することができはじめ、この高校は楽しかった。その理由は先生方がさっぱり生徒を管理しなかったからだ。というか、人を管理できるような人材がいなかったのかもしれない。

私の見るところ浮世離れした先生ばかりであった。上流の家庭、女高師卒、独身。着ていらっしゃる服は肩パッドが入ってウエストをしぼった何十年か前のスーツ。細い足にシームのあるストッキングがだぶだぶ。それにびん底眼鏡。あるとき誰かが「先生、スーツのボタンがとれてますよ」と申し上げると「いいの、婆やにつけさせるから」とニコニコされた。別の先生のお宅に電話すると、お手伝いさんが「お嬢さまあ」と大声で呼ぶ声が聞こえたとか。

要するに十九世紀イギリス小説に出てくる世間知らずの老嬢のような方が多くて、ある新任の先生は教員室でさっそく「夏はどちらにいらっしゃるの」と聞かれ、のけぞったという。多くの先生方は軽井沢などに別荘をお持ちだった。

権威の権化たるチャンピオン・ベルト付セーラー服撤廃運動がなんなく成功したあと、指定されたスーツの制服はいかにもダサかった。当時はミニスカート全盛で私たちはウエストを何重にも折って短いスカートをいやが上にも短くしてはいていたが、ある先生はそれを見て「太ももなぞ出しておはしたない」と頬を染められた。生徒たちのほうがよほど色気づいていたのである。校門のところで、先生方は私たちに「ご機嫌よう」と挨拶されるのだった。

だから生徒たちは先生に管理されるどころか、こうしたうぶな、生活能力もあまりお持ちでない先生方を気遣い、支え、いつもハラハラしていた。運動会で、先生方はいちおう白いズボン姿であったがほとんど役に立たなかったので、私たち生徒は演目の進行にも自主管理で行くしかなかった。修学旅行もそうだった。

とはいえ、先生たちの学問的情熱は大したもので、化学の先生はいつも白衣で試験管をゆらし、オクスフォードに留学したという英語の先生は生徒の発音を厳しくチェックし、昔フランス大使令嬢という物理の先生は電車の中でもいつも横文字を読んでいた。男の先生は少数派で分《ぶ》が悪かったが、それなりに熱血漢やロマンチストや飲みすけがいて、国立大学に落ちた私たちにビールをおごってくれたりした。

この学校で私は受験指導など一切されたことがない。私は自由をいいことに、授業をさぼって映画館と芝居小屋に通いつめ、本ばかり読んで三年をすごした。

子どもの受験に血道をあげる母親は、名門という名だけに魅かれ、その実態をご存知ない。お茶の水が万が一、スバラシイとしたら、イイ大学に何人入るからでなく、このような純真で超俗な先生方と出会えたからだと思う。そして私はたしかにその感化を受けた。

専業主婦全体をおとしめるつもりはない。老人の介護、子どもの体が弱い、転勤が多いなど、さまざまな事情で外で働けない主婦はいる。そもそも就職口がない。しかし多少、向上心があるなら、パートでもボランティアでも自分を磨くことに時間をつかうはず。ファミレスにたむろし、子どもでしか自己実現できず、学校や受験の噂話しか話題のない母親たち。彼女らと交流の努力はしてみたけれど、ほとんど徒労だった。

早期受験はさせなかったが、いまになって少しゆらぐ。こうしたくだらない「世間」、地域の圧力のない遠くの学校に入れてやればよかったか、と。

次の日、やっとチケットが手に入り東京ドームで巨人―阪神戦を見た。この満員の観衆のいる所も文京区、事件の起こった音羽も文京区、湯島のラブホテル街も文京区、東大があるのも文京区、じつにヘンな町である。

ピアノとパソコン

ゴールデンウィークは毎年、たいがいじっと家にいる。町にすら出ない。根津神社のまわりはつつじ祭りで人混みだ。避けるにかぎる。

天気のいい日に衣替えをした。昼下りのビールを飲んでうつらうつらする。下駄をはいて近くの銭湯へゆく。そんなことをしているうちに、イタリアへ行く日が近づいてきた。

いやその前の四月末に、パソコンなるものを入手したのである。ワープロにはいっこう興味がなかったし、手書きで十分間にあっていたのだが、資料検索の必要上、それだけのために、くわしい人にいっしょに行ってもらって、i-Bookというノート型のハンディなのを買ったのだった。

i-Macというデスクトップ型の方が同じ機能なのに数万円安くて、しばし迷ったが、パタンと閉じれば机の脇にもおけるタイプにしてよかった。家に持ち帰ってみると、とてもあの大きなi‐Macを置くようなスペースはない。目にも液晶の方がブラウン管よりやさしいという。とはいえ、やはり作業台がもう一つは必要で、現在の机の左横に垂直の向きに小さい木机を置いた。久しぶりに高い買物をしたな、と思った。プリンターその他含めて二十三万円の出費だった。

そして連休中の七日にはピアノが運び込まれてきた。

これは長年の願いであった。四つのころから習いはじめ、十数年は弾きつづけてきたピアノを置いて家を出た。ほとんど学生結婚のような借家住いで、ピアノなど置く場所も弾く余裕もなかった。妹が音大生であったため、しぜんピアノは彼女一人のものとなり、それを持って彼女は結婚した。

ピアノにしても、お雛様にしても、娘が二人以上いる場合の所有権は困ったものである。それからずっと手がさびしく、ピアノを置ける家に住みたい、というのは二十年来の夢だった。やっと持ち家に引越したが、集合住宅にピアノを持ち込んでよいのやら、私は二年間様子を見ていた。百戸ほどのうち、小中学生のいる所帯も多く、ピアノの練習の音が廊下を通ると聞こえる。しかし家の中ではまったく気にならない。どうやら遮音性は悪くない。しかもわが家は角部屋だ。

いつか買おう手に入れようと思ううちに時がすぎた。

ある日、ピアニストになった高校時代の友から突然電話が来る。モリベ、ピアノ買わない。買うならベヒシュタインよ。音がぜんぜんちがうから。そういって彼女はピアノの仲介業者を教えてくれた。本人はバルトーク弾きでグランドピアノを弾いている。ベヒシュタインの回し者じゃないよ、いい音のピアノをみんなに弾いてもらいたいだけ。

ピアノ売場やショウルームがあるとのぞいて叩いてみた。本当にメーカーによって、値段によって音がちがう。スタインウェイはいいけれど少し音が固い。ベヒシュタインはやわらかく響く。国産の二倍以上はするけれど、と私は自分がいままで使わなかったお金を計算してみた。化粧品は買わないんだし、服にもそう使わないし、車も持っていないし、ピアノにここで百数十万使ってもいいんじゃないか。以後ずっとの楽しみになるのなら。

五月七日にピアノは来た。思ったより小型で色はマホガニーの艶消し、居間の隅にピタリと納まる。うれしくてイタリアに出発するまでの数日、ずっと弾いていた。指はほとんど動かない。残念ながら〝エリーゼのために〟やブルグミュラーからやり直しだ。

いままで町の中でピアノをくれる、という人が何人かあった。ピアノを欲しがっているのを知って町の友だちが伝えてくれるのだが、見にいくと昔の象牙鍵盤は見事ながら、ひどく音が狂っている。タッチも何かガクガクとふがいない。娘が結婚するとき持っていってくれなくて、と老夫婦のいうことはいつも同じだった。たしかに私たちの子どものころ、町に楽器メーカーのピアノ教室が花ざかりだった。今思えばピアノを買わせるために。そして何十年かたち、主を失ったピアノというのは悲しいものだった。

パソコンとピアノ、ハイテクとローテクなまるでちがう二つの叩き物に心を残して、私は三週間イタリアへ取材の旅に出た。

帰ってみると案の定、家は荒れ果てていた。三人の子どもは今回は外食をせず、当番を決めて食事を作ったというのだが、掃除はなまけていたらしい。しかしいない間にパソコンは完全に中学二年生の次男のものに、ピアノは大学生の娘のものになってしまっていた。男の子はメールの送受信もマスターして沖縄の友人とやりとりしていたし、ピアノの上には娘が集めてきた楽譜がどっさりあった。二人ともたいそう満足気である。

行く前はそう狭いとも思わなかったのに、帰ると狭い。ヨーロッパの石づくりの家の広さに馴れてしまったのか。泊まったホテルとは天井高が違う、部屋の広さも違う。そもそも帰りに成田に着いた。空港は広い、空港につづく千葉の田園もそう悪くないが、津田沼あたりから人家が混み出すと、何一つたしかな建物はない。小さくて、ぺなぺなで、不ぞろいなことがつらくなってくるのである。向きも形もバラバラな小箱のような家、北側斜線の規則で、上辺が斜めにカットされた不細工なビル、屋上に水のタンクがのっているちまちました家並を見ると、十六世紀十七世紀のパラッツォが整然と並ぶイタリアの町並を思い出す。どちらが住みやすいかは別問題だが、少なくとも日本の住居で美しいものはとても少ない。

ローマで会った人に家の広さをきかれた。九十平方メートルと少し水増ししていうと、ピッコロピッコロ（小さいねえ）と笑う。彼はタクシーの運転手だが、父母と三人でローマ郊外の大きな家に住み、海に近いオステアに別荘も持っているそうだった。

イタリアの不動産屋をのぞくと、一億八千万リラとか二億六千万リラなんて書いてある。気が遠くなる数字だが、いまは円の方が強くて、一円は十九・七リラくらいだから、単純に割ると九百万円、千三百万円強で、それぞれ二DKや三DKが手に入ることになる。これはナポリ郊外のエルコラーノの駅前の不動産屋の話。ナポリから電車で二十分。ポンペイ手前の遺跡のある町である。

二DKといっても一つの部屋はずっと広い。うちのように四DKといっても一つがマンションサイズの五、六畳とか七・五畳というのは、イタリア人にとって納戸にしか見えないだろう。

ローマで会った日本人の留学生は、バチカンに近いそんな広い二DKを同性の友人とシェアして借りている。彼女は日本文学を学び、友だちは建築家のスタジオで働いている。

まったく不干渉、キッチンとトイレ、風呂のみ共用。食材も別々に買って別々の冷蔵庫に入れるが、調味料だけ共用なのだという。

大家さんは三十代前半のピアニスト。アパートを買ったとたんにミラノに就職が決まり、二DKを日本人たちに貸して行ってしまった。だから私の部屋にはピアノがあるの、その分狭いけど。音楽の留学生ならいいいんだけどね。貸料は月六十万リラ、ピアノを弾きたければ、プラス三万リラ。

シングルで一泊三十万リラのホテルに泊まっていた私は、安いわねえ、とうなった。一ヶ月でホテル二泊分じゃない。すると彼女は首をふり、それはローマのホテルが高すぎるの。たしかにレート換算すると家賃は三万円になっちゃうけど、生活実感からすると六万円かな。十九・七で割るんじゃなくてゼロ一つ取るくらいがちょうどいいのよ。奨学金を貰っていても、学費は払わなくてはならないし、日本への里帰りの費用も貯めなければならない。留学生の生活はラクじゃないわ、私八万リラあれば一週間は暮らせる、と話してくれたそのとき、二人で食べていた昼食が、ワインと前菜とパスタにカプチーノでちょうど八万リラだった。

ミレニアムとジュベリオ（聖年）が重なり、ローマは観光客でごったがえしている。いやイタリア自体が観光でもっているような国だ。日本人の団体も多いが、アメリカ人、ドイツ人、みな古い歴史に憧れ、南の国の青い空とおいしい料理に魅かれて集まってくる。そのため都市のホテルはどんどん吊り上り、観光ガイドブックにある値段はまったくあてにならない。日も入らないガタピシいう古いローマのホテルがシングルで三十万リラ、最高級五つ星では百万リラなんてことも。地方の小さな町へ行くと、八万リラでプール付きのすてきなホテルに泊まれるというのに。

先の留学生はいう。イタリアでは借りてお金を払うくらいなら、と若いうちに買って人に貸す。うちの学生でもすでにアパートを持って、その一室に住みながら、空いた部屋は友だちに貸して、それでローンを払ってる人がいるよ。へえ、しっかりしたものね。

もっとすごいのは寝るためにだけ帰ってくる人にベッドを貸す人もいる。たとえば私の部屋にもう一つベッドを入れて、それを貸せば私の家賃が浮くでしょ。

それもいいアイデアに思えた。私の家も早晩、子どもたちは出ていってしまうし、そしたら三つの空き部屋を一室五万くらいで貸し、バス、トイレ、キッチン、居間は共用にすれば、たとえ収入がなくなってもローンは払える。あるいは地方の友人たちが上京するさい、泊まってもらうのもいい。一泊五千円でお酒と談笑つきなんて、いまどき東京じゃありえないじゃないか。

いや駄目だ。人に鍵を貸し、出入自由にするには、人が気配を感じなくてすむような間取りと広さ、不必要に気を使ったり、甘えたりしない強固な個人主義がとりあえず必要なのだ。

夏には東京へ帰るから、その間よかったら入れちがいに来てローマのアパート使わない、一ヶ月六十万リラでいいから。そうすれば私も家賃が助かるから、という彼女の話に心が動いた。八月のローマは暑くて、バカンス中で店も閉まるだろうが、人の少ない静かな町で語学学校へ通うのも悪くない。

そんなあんなを、狭い日本の家で思い出した。この家は四ＬＤＫ、四人家族のそれぞれの個室がある。しかしだんだん、パソコンの部屋、ピアノの部屋、テレビの部屋、本と着替えの部屋と機能別に名付けられてきたようだ。だってピアノを弾いている部屋でテレビは見られないし、パソコンは打てない。たとえ寝るときはその持主のものだとしても。

何一つ良くは見ざりき

テレビにふと目をやると、東山紀之をレポーターとするスポーツ番組ZONEに、京都大学医学部出身の若いプロボクサーという人が出ていた。

父も母も弟妹もそろって京大出身、本人も勉強ができ、有名私立校から京大医学部に行った。子どものころは動物が好きだった。理学部で動物について勉強したかったのに、成績がいいので欲が出た母親のすすめで医学部を受けた。医学部に入れば動物も勉強できると思って、と画面の母親がいうと、彼はそんなはずないやろ、とそのときだけ激昂して母親に抗議した。

やりたいことをはばまれ、志望を変えさせられた傷がこの母子関係にある。テレビで母親は泣いた。彼は大学のボクシング部に入り、町のクラブに通い、プロの選手としてデビュー。受験勉強に費やした膨大な時間を取り戻したい、という。

いい高校に入るため今日はがまんして勉強する。いい大学に入るため今日はがまんして勉強する、そんな先送りの人生が嫌になったのだと。今日は今日のために生きてビールがうまい、これ最高や、と安下宿で水でパンをかじり、自分の試合の券を自分で売って歩く彼はいった。

見ていて切なかった。

まるで同じようなことをいったもう一人の男を思い出す。森鷗外である。彼は五十をすぎて同じような言葉をくり返す。

「一体日本人は生きるといふことを知つてゐるだらうか。小学校の門を潜つてからといふものは、一しよう懸命に此学校時代を駈け抜けやうとする。その先には生活があると思ふのである。学校といふものを離れて職業にあり附くと、その職業を為し遂げてしまはうとする。その先きには生活があると思ふのである。そしてその先には生活はないのである。現在は過去と未来との間に劃した一線である。此線の上に生活がなくては、生活はどこにもないのである」（「青年」）

「生まれてから今日まで、自分は何をしてゐるか。始終何物かに策《むち》うたれ駆られてゐるやうに学問といふことに齷齪《あくせく》してゐる。……併し自分のしてゐる事は、役者が舞台へ出て或る役を勤めてゐるに過ぎないやうに感ぜられる。……勉強する子供から、勉強する学校生徒、勉強する官吏、勉強する留学生といふのが、皆その役である。赤く黒く塗られてゐる顔をいつか洗つて、一寸《ちよつと》舞台から降りて、静かに自分といふものを考へて見たい、背後の何物かの面目を覗いて見たいと思ひ思ひしながら、舞台監督の鞭を背中に受けて、役から役を勤め続けてゐる。此役が即ち生だとは考へられない。背後にある或る物が真の生ではあるまいかと思はれる」（「妄想」）

舞台監督はこの場合も母峰であった。

そして哀しいことに、鷗外はこの母を愛していた。

鷗外森林太郎は文久二（一八六二）年に石見国津和野で生れ、幼いときから明敏であった。森家は代々、藩主亀井家のご典医として仕えていたが、維新によって禄を失い、優秀な長男一人に望みをかけて明治五年ごろ、一家で上京する。立身出世は殖産興業、富国強兵と並ぶ明治のスローガンであった。林太郎はその期待によく応えた。

母は息子の出世のためなら何でもした。下谷和泉橋の東京医学校予科に、規定年齢を二つごまかして、十四歳として願書を出させたのも母峰である。

歴史に〝もしも〟はないというが、もしもを想像するのが好きだ。林太郎が二年あとに学校に入っていたなら、それでも最年少ではあろうが、寮生活で紺足袋党に追われ、〝お稚児さん〟にされる恐怖は味わわなくてすんだかもしれない。満十九歳などという若さで卒業試験を受けなければ、二十五人中八位よりもっといい成績をとれたのではないか。三位以内に入って文部省からドイツ留学をしたとも考えられる。そうすれば誕生したのは軍医ではなく、東京帝国大学医学部教授森林太郎であったろう。陸軍兵食問題での責を死後もずっと問われることはなかったにちがいない。

事はそう運ばなかった。そして林太郎は峰のためというか、そのさしがねでドイツから追ってきた恋人を捨て、最初の妻赤松登志子と結婚して別れ、そのすすめで妾《しょう》を置き、十六年下の志げと再婚させられ、その妻と母との葛藤に苦しみつづけた。

男の主体性と責任を免罪するわけにはいかないが、それにしても母親というものはおそろしい。子どもによかれと思ってつとめるだけに怖い。

私の息子の一人もまた学校に少しずつ行かなくなった。最初は朝、おなかが痛み、頭痛を訴えた。次に教師への不信を訴えた。小学校時代の仲よしがほとんど私立に抜けたあとの、地域の中学校の刺激のなさを訴えた。大人だって会社に行きたくない日もある、年に十日や二十日、有給休暇のような日があってもいい、と休ませた。

一月に一度が週に一度になり、週に三度になった。母親はあわてた。義務教育でしょ、行くのは義務よ。中学中退になったら困るでしょう。内申にひびいて高校が受けられないわよ——自分とは思えないような、陳腐でおろかしい言葉しか出てこなかった。
そういったって行きたくないんだもん、行かなけりゃ1はつくけど卒業はさせてくれるよ。高校なんてもっと行く気ないもん。お母さん、アナタだいたい学校で習ったサイン・コサインとか魚のウロコとエラがナンタラとか、瀬戸内地方のテクノポリスのカンタラとか、大人になって役に立ったことがある？

明治大正生れの町の老人から話を聞くことが多いが、共通点は二つある。一つは天皇制が深くインプットされていること。ハタを振った、教育勅語の暗記、敗戦時の玉音放送、そして勲七等をもらった自慢。もう一つは学校へ行きたかった、行きたかったのに行けなかった、という心の傷である。

貧しい救いのない社会では学校や宗教は救いになりうる。四畳半に五人も住んで、食うものに事欠き、親がつねに怒鳴っているような家庭では、ともかく学校に行きさえすればやさしい先生がいて、給食が食べられて、本や紙芝居、オルガンといった文化があった。

戦後育った私だって、算数セットや新しい上履きを買ってもらったときはワクワクした。時計屋の娘だった仕事仲間のヤマサキは、学校が面白いと思ったことは一度もないが、狭い家にいるわけにもいかないし、とにかく制服着て家は出たわね、という。

息子は学校より家の方がずっと楽しいんだそうだ。本はある、ゲームはある、モノワカリのいいお母さんはいる。食いっぱぐれはとりあえずない。そしてテレビの科学チャンネルでは、ペルーの遺跡だの南太平洋の海中だの、アフリカの珍しい動物の映像が見放題、通用しないような学校英語より、これ聞いて字幕を見てた方がずっといい、という。

子どもが悪いとは思わない。しかし学校が悪いわけでもなさそうだ。いじめにあってるわけじゃない。引きこもりとかおタクといわれる筋合はなく、犯罪を犯しそうにもない。子どもの不登校というつまずきはモノを考えるチャンスだった。

特別に受験はさせたくない、地域の普通の公立学校へ行くのがいい、というのはむしろ母親の見栄ではなかったか。子ども時代を保障したいなどといってただの放任、勉強するクセをつけてやらなかったのではないか。不登校児を問題児といまだに見てはいないか。そもそも物分りのいい親というのが曲者じゃないのか。学校へ行かなくて困るのは家にいると仕事の邪魔になるという私の都合じゃないか。

いいの、お母さん、僕のことは気にしないで。朝も昼も自分でつくるから。いて気になるようなら図書館か博物館へ行くから。いないと思って。急に僕が行かなくなってアナタ自分が否定されたように思うだろうけど、もっと開き直って。

息子になぐさめられる始末である。

だけどゴロゴロされるのは腹が立つ、オマエも働け、と私はいった。ハイハイ、何でもします。ゴミを出します。洗濯干しします。掃除もします。郵便局行って切手買います。ついでに生協で牛乳とソーセージ買ってきます。

いいなあ、オレたちだって学校行きたくなかったよ。そうよ、ずるいわ。ヤツは学童保育だって行かなかった。私だってホント行きたくなかったのよ。いまも学校へ正確に通う姉と兄はためいきをつく。

いま息子は馬の世話をするという本当にやりたいことができて、夏からは研修生として遠くの島に働きにいくそうである。いま、やりたいことがあるのに東京の学校なんか行って先送りできない、と京大出身のボクサーと同じことをいった。

森鷗外は亡くなる一月前まで勤めをやめなかった。病床にいる一年より死期が早まっても仕事をしたまま死んだ方がいい、といった。働くクセはなおらなかった。しかし晩年は失った時間をとり戻すかのように、家庭を大事にし、子をつれて散歩し、夜店をひやかし、本郷の青木堂でアイスクリームを食べた。

何一つ良くは見ざりき生を踏む
　わが足余りに健やかなれば

明治を立身出世のエトスで駆け抜けた鷗外の自信と悲しみが感じられる歌である。

「余ハ石見人森林太郎トシテ死セント欲ス」

これを陸軍軍医総監の地位に昇りながら爵位を貰いそこなった鷗外の憤激と見る見方は、ことに男性には強い。競争の中に身をおく人は出世、肩書、勲章が気になるのだろう。

そうではなくて、鷗外は墓に入るとき、ただ一切の位階勲等を離れ、本来無一物の自分に戻って安らぎたかったのではないか。「赤く黒く塗られてゐる顔」を洗ってみたかっただけなのではないか。

ずっと前、別の、東大出のボクサーという新聞記事を見たことがある。たしか「初回KO、東大卒も役立たず」と大きな見出しがついていた。馬鹿なことを書くものだと思い、失礼なとも思った。そのボクサーは東大卒を役立てようなんて考えなかっただろう。ただ好きで職業に選んだボクシングを闘っただけなのに。

〝サミットの沖縄〟だより

東京を逃げ出したくなって、七月十九日、息子と甥をつれて沖縄へ行った。最近、この脱出願望の頻度が高まっている。飛行機の切符が高いので、それが沖縄サミットと重なっていることにようやく気づいた。

羽田は思ったよりすいている。サミットのため一般旅行者が回避しているというニュースが流れていた。プレス証を首からかけた、沖縄に行きたいんだか行きたくないんだか分からないようなスーツの男たちが目立った。

那覇空港は驚くほどきれいになっていた。英語を話す歓迎のボランティアの人が多数出ている。風景もみちがえるようだ。迎えに来てくれた息子の友だちオグラさんは「モノレールだけは間に合わなかったけど」という。空港から読谷《よみたん》村まで幹線58号線は、まるで東京オリンピックのときのようにぴかぴかに整備されていた。浦添《うらぞえ》、宜野湾《ぎのわん》、北谷《ちゃたん》、嘉手納《かでな》、読谷、どこの自治体も半分近く、いや、ところによっては七五パーセントが米軍基地だという。その網の塀がつづく。中は芝生が張られ、きれいではある。前回来たのはおととしの冬だった。嘉手納基地の近く、〝安保の見える丘〟から何機もの爆撃機が飛び立つのを見た。米軍がユーゴ紛争に介入したときだった。

読谷村も例外ではない。日本軍の飛行場を、上陸後まもなく占領した米軍は、ここからB29を飛ばした。東京を空襲するために……。

いま旧読谷飛行場は町に返還されて、役場や福祉施設になっている。それでも基地は大きな部分を占める。「基地の敷地内でも耕作しているところがあって、〝黙認耕作地〟といいます。ここもそうです」とさとうきびの畑をオグラさんは指さした。

今回は馬に乗ったり、海で泳ぐために来たので、こうした話は問題意識をもって本で学んだものでなく、出会った人から切れ切れに聞いた話である。「読谷の近くにあるのはキャンプ・トリイといって、グリーンベレーの最強部隊がいる。他にくらべわりと警備がゆるやか。というのは彼らやたら強くって自衛できちゃうから」

「この辺は暴行や強姦で悪名高き海兵隊はいないんだけど、ひき逃げはある。米軍の女性将校が、お母さんと子ども三人を即死させましたが、裁判やっても本人は出てこない。そのうちうまく本国に逃がしちゃう。結局、日本政府が肩代りで補償、それも最高で六千万。命が安すぎない？　いますぐ基地を全部返還しろなんて非現実的かもしれないが、まず日米地位協定から変えないと」

「むら咲き村」という観光施設に行ってみたが、染色、織物、陶芸、ガラスなどの体験施設は閉まっていた。どうせサミット中は客は来ないし、大方は嘉手納基地の市民包囲に出かけてしまったという。やることもないので、ブラブラしていると海に出た。浜辺にも長袖制服の警官が立って空を仰いでいる。この熱風の中、ご職掌がらとはいえ、気の毒な気がした。私たちは警官の見守る中、浅瀬でたのしく馬と泳ぎ、スイカ割りをした。

浜辺には二、三家族が思い思いのテントを張る。ビニールの椅子やテーブルを出してバーベキューでビール。親戚、縁者、会社仲間とのこんな一日を、沖縄では〝ビーチ・パーティ〟というのだそうだ。東北の芋煮会のようなものか。

二十一—二十三日は、サミットを避けて友人の友人たちと慶良間《けらま》の無人島に行くことにした。ワゴンに細長いカヤックをくくりつけ、出発。58号線はサミットのあいだ自家用車は通行自粛なのですいていた。米軍関係者が不要になった家具を売りにくるリサイクルショップが並ぶ。どの商店も英語と日本語の看板をかけている。

那覇からフェリーに乗って阿嘉《あか》島経由で座間味《ざまみ》島へ着いた。阿嘉島では日に焼けた若い人たちが波止場にダイビングの客を出迎えていた。彼らはショップや民宿をやりながらダイビングのインストラクターを務めている。みなマリン・スポーツが好きで内地から移住してきた人たちだ。趣味が仕事。そして内地から来たお客さんの女の子と結婚する。座間味の道で、赤ん坊を抱いた茶髪の若い母親が立ち話していたが、二人とも東京の早口だった。赤瓦の家の縁側ではおばあさんが二人、聞きとれぬゆったりした琉球の言葉で話している。こうして島の文化も少しずつ変化していくのだろう。細い路地に社《やしろ》があった。

座間味から、オーワンさんとカスヤさんの二人のベテランの指導でシーカヤックを漕ぎ、安《あ》室《むろ》島という無人島に着いた。さっそく日陰をさがしテントを張る。三台のカヤックからはあとからあとから道具が出る。テント、テーブル、シュノーケル、なべ、ガスこんろ、水、食材、寝袋、コップや皿……子どもたちは魔法使いでも眺めるようだった。

「日頃忙しいんだからゆっくりしてて」との二人の言葉に甘えて、海で泳ぐ。日焼けしないよう水着の上にTシャツを着て海に入る。水はどこまでも透きとおっている。浜に近いところはサンゴの死骸である。白茶ばけた藻のついた固いものが足にさわる。だが十メートルほども沖へいくと、もう生きたサンゴ礁の花園だった。

黄色、緑、茶、青、紫、といろいろな色と形のサンゴが生え、その間をこれもまた極彩色の熱帯魚がゆうゆうと泳ぎまわる。シュノーケルをつけた私と魚と目があう。それでも逃げない。銀色の小さな魚の群が何百匹と私のからだをなでていく。青く光る魚、白黒ツートンカラーの魚、エンゼルフィッシュ。もうたのしくて面白くて、私は泳ぎつづけた。浅いところ、海溝、海の中の地図が手にとるように見える。サンゴを傷つけないように水面に浮いているのだが、波にもまれると足は傷だらけになった。

夕食はカレー。サラダ付。その後、残り火でマシュマロを焼く。コーヒーも淹れ立て。泡盛もある。

暗くなり星が出てきた。あまり多すぎて、星座が確認できない。砂の上に寝そべり、星を見上げて波の音を聞く。こんな風に一生、戸外で暮らしたい。台風のとき身をよける寝室一つ持って、あとは木陰で本を読み、昼寝をし、ご飯を食べて……。

翌日もスパゲティの昼ごはんのあと、座間味までカヤックで往復した。ただ水を汲むためにである。子どもたちは「コーラ、アイス」とかけ声をかけた。私たちは「ビール、スイカ」と叫んでオールを漕いだ。そんなに力を入れなくても、カヤックはすいすい、としずかな海をすべっていった。

そんな風に二泊三日をすごして読谷村に戻り、私は〝象のオリ〟なる米軍楚辺《そへん》通信所の近くの民宿〝ぬーがやー〟にあと三泊した。子どもたちは知り合いの家に泊めてもらった。主人は〝象のオリ〟の中に七十坪持つ地主であり、村会議員であり、一九八七年秋の沖縄国体のさい、男子ソフトボール会場で日の丸を降ろして焼いて捕まったという知花昌一さんである。ノーマ・フィールド『天皇の逝く国で』（みすず書房）の中で「国家に従順でなかったために特別の人となってしまった普通の人」と紹介されていたと思う。

が、そんな話はしなかった。私はただ泊まっていただけである。知花さんのお母さんからは戦前の大麦やサトウキビ栽培の沖縄、姫路の三菱の工場に出かせぎに行ったこと、そこで兵隊から引き揚げたお父さんと出会ったことなどを聞いた。

美しい十五世紀の城《グスク》、座喜味《ざきみ》城址を歩いていたら「ハロー」と向うから来る麦わら帽の人は、よく見たら宿の主人知花さんだ。東京から来たグループを案内して今からシムクガマとチビチリガマに行く、というのでお邪魔してついていった。

この二つのガマ（壕）は悲惨な沖縄戦で明暗を分けたそうである。先に行ったシムクガマは奥行が二千メートル以上あり、アメリカ軍が上陸してからここに千人もの人が隠れた。川が流れていて水には困らず、夜陰にまぎれて食料を探しにいった。いよいよアメリカ軍に追いつめられたとき、中にハワイ帰りの平良《たいら》さんという兄弟がいて、こんな竹槍ではとても勝てないと人びとを説き、英語で米軍と交渉し、生命の安全を確約したうえで全員、壕から出た。一人も死ななかった。

もう一つのチビチリガマは一三九名の人が避難し、うち八十五名が死んだ。いわゆる

「集団自決」といわれる。こちらは対照的に、若い中国帰りの看護婦さんがいて、自分は南京で降伏した中国人を日本兵がどんな扱いをするかを見た。殺される前にみな潔く死のう、と率先して親族に毒を注射し、それを聞いてそれぞれ自分の子の頸動脈を切ったり、手留弾で自爆したりした。

「生きて虜囚の辱めを受けず、という教育ですからね。リーダーの滞在した国、体験がちがったことが大きいです。でも私は自決とはいいたくない。赤ん坊や幼児や老人に〝自決〟ができるだろうか。マインドコントロールされた大人によって、彼らは殺されたと思う」

チビチリガマの奥深く、まだ遺骨や遺品は残されている。それを踏み荒されたくない遺族の当然の思いで、チビチリガマの方はいま立入禁止になっていた。

沖縄戦、占領下の沖縄、返還闘争、返還されたのが私が高校三年生のころ、そしてあとをたたない米兵のひき逃げや暴行、騒音問題、鳴り物入りの豪華版サミット。頭に浮かぶ、考えるべきことが多すぎた。でも東京にいるとつい考えないですましてしまうのだから、やはりいま沖縄に来てよかった。私は〝ぬーがやー〟の本棚にある本を夜中じゅう読みつづけた。

サミットが終わり、北部（ヤンバル）の森へ向けて北上した。海ぞいの高級リゾートホテルは参加の各国が借り切ったそうである。前にもそれを見にわざわざ来たことのある象設計集団のつくった名建築、名護市役所の前に、仮設のプレスセンターがあった。この閉ざされた体育館のようなところで、記者たちは（信じられないことだが）飲み食いタダ、アロハシャツや琉球衣装のリカちゃん人形などのおみやげ付だったそうである。こういうものを貰った人をジャーナリストとは呼びたくない。

名護から以北は突然、道が荒れた。クリントンさんのためなのか、どこまでハワイに近づけるか、といった〝つくられた南国風〟はここで終わり。その先は「要人」が行かないから。植えたてのヤシから、沖縄本来の防風樹フクギやモクマオの並木にかわり、私はホッとした。観光施設もない小さな町のスーパーで弁当を買うと、会ったおじさんが「ハイサイ」と昔風の挨拶をして微笑んでくれた。

富士山、なくなる？

晴れた日は仕事の手を止めて散歩がしたくなる。

根津神社で鳩を眺めて昼寝とか。

谷中墓地の奥の方で石碑を読むとか。

小石川植物園でスケッチするとか。

いつも小さな原稿用紙の枡目を手で埋めているので、目は大きな風景を恋しがる。とりわけせいせいする、のびのびするのは坂の上だ。

いくつか好きな坂があった。

谷中の三浦坂の上、宗善寺の境内。桜の花の向うに東大の棟が見える。

真島町のあかぢ坂。ゆったりしたスロープの右手は渡辺治右衛門邸時代の石垣で、その向うに根津の町の瓦屋根が見え、根津神社の杜が見える。

三崎坂。長い長いスロープ。寺の間に長屋がちらほらある中をしずかに降りてゆく。そして谷中銀座商店街の賑いを眼下にのぞむ〝夕焼けだんだん〟。

中でも一番好きなのは日暮里諏方神社前を西に降りる富士見坂。冬の晴れた朝、正面に真白い富士が見える。夕べには、夕焼けの中にすっくと灰色の富士が立っている。びっくりするほど大きな富士である。

それほど富士に思い入れがあるわけではない。新幹線や南へ向う飛行機で、ただいま富士山が右手にごらんになれます、のアナウンスが入ればどれどれと首をめぐらすくらいである。邦画会社のタイトルバックや、革新政党が選挙時のポスターに富士山を使ってるのを見るとアナクロな気さえした。日暮里の富士見坂を知ったのは十六年前、地域雑誌『谷根千』を創刊したころである。

上野の台地は東京最北の岡だが、上野広小路から山を上って旧上野寛永寺境内を抜け、谷中天王寺を過ぎると日暮しの岡に入る。ここで岡はもっとも幅がせばまって、江戸のころから〝東に筑波、西に富士〟の眺められる景勝地であった。

さらに歩いて田端、そして飛鳥山まで、江戸の花見客はこのかぼそい尾根を歩くのを楽しみとした。ときには仮装をし、音曲を鳴らして通った。もとは新堀村といったのを、遊んでいるうちに〝日が暮るるを忘れる里〟と日暮里の種字をあてるようになったとのことである。

こんな話は故平塚春造氏に聞いた。平塚さんは明治三十四年生れ、高村光雲、朝倉文夫らの片腕として活躍した鋳造師平塚駒次郎を父に持ち、美術史にもくわしかったが、谷中、日暮里については自称〝里の語りべ〟であった。東京二十三区に富士見坂という名の坂は二十だかあるらしく（都内では二十六）、地べたに立って唯一欠けずに富士が見えるのはここだけです、と富士見坂上の自宅二階のNQC（日暮里町内放送所）で富士が見える見えないを観測し、日誌につけ、マイクで放送していた。

このNQCもユニークな活動で、小さなカメラ屋を開いていた平塚さんのおかげで、住民はいま誰それの家に泥棒が入ったとか、誰が救急車で運ばれたとか、町内の緊急事件を知ることができた。今、坂の上から富士が見える、という放送が入ると、坂上には三々五々人が出て、さながらその一角が夕すずみ所でもあり、町の社交場のようにもなった。そのうち放送がなくとも、近隣の人びとは犬の散歩やジョギングや買物のついでに坂の上にたちどまり、今日は富士が見えるかを楽しみとしはじめた。

そしてそれはNHKのテレビ番組にもなった。ディレクターの坂井茂生さんがいう。

「高低差でいうと諏方神社の高台が海抜二十メートル、不忍通りが七メートル、つまり十三メートルあります。だから十階以上のビルが不忍通りや坂沿いに建ちはじめると、富士山が下から隠されていくことになるでしょう」

この言葉が載った『谷根千』七号は一九八六年三月刊。それから東京は未曾有のバブル経済、乱開発の時期を迎えることとなる。そして私たちはその間、地上げや住民の追い出し、乱開発を誌上で知らせ、討論し、反対運動などを起こしながらも、富士見坂と富士山を結ぶ軸上にある幹線道路、容積率五百パーセントの不忍通りの高層化にはそれなりに気を配っていた。

昨一九九九年秋、私たちは「富士見坂眺望研究会」と出会った。寺門征男（千葉大教授）、千葉一輝（早大講師・当時）、相羽康郎（東北芸工大教授）の三人を中心に、行政職員を混え一九九七年に結成されたこの会は、富士見坂と江戸東京の眺望を研究し、富士見坂からの眺望の保全策を検討していた。

しかし出会ったときが、眺望の壊されるときであった。あろうことか、伏兵はすぐ先の不忍通りでなく、その一・三キロ先の本郷通り沿いにいた。ここは海抜が諏方台と同じ二十メートル以上あるうえ、容積率六百パーセント。七階以上建つと富士の眺望に影響がある。そして、文京区本駒込三丁目一番地、まさしく富士見坂と富士を結ぶ景観軸（ビジュアル・コリドー）の内側に、地上十三階のワンルーム分譲マンションが計画された。これが建つと左側の稜線が隠れる。事前に情報を把握できなかったのは、敷地が二四二平方メートルとあまりに計画が小規模だったからである。

すでにその左側には東洋大学の巨大な研究棟が建っていた。（明治も法政も早稲田も似たような威圧的な巨大建築を建てているが、あれは何のためだろう。使いやすいのだろうか、研究上どうしても必要なのだろうか。）

十二月、住民や研究者により、「日暮里富士見坂を守る会」が結成され、年あけて一月「富士見坂眺望保全のための要望書」を開発者日本鋼管不動産に手渡した。十三階をせめて十階にしてほしいというお願いである。新聞・テレビは「最後の富士見坂ピンチ！」と連日報道してくれた。守る会はホームページを開設、署名活動を開始、富士見坂のある諏方台と工事現場に近い本郷通りで、資料や写真の展示も行なった。第一日暮里小学校で緊急シンポジウムが開かれ、建設現場裏の民家の協力を得て、ここまで建つぞというマンションの高さを示すアドバルーンをあげた。

気づくのが遅かったとはいえ、住民側の動きはとても敏速周到であった。その間、何度か開発者と話し合いをし、会社側は三階低くした場合の損失額を提示した。三階下げれば三億二千万強、四階下げれば損失額は四億五千万とのことだった。開発する側も不況とリストラの中にあり、「今回のプロジェクトに関しては丸ごと買い取ってもらう以外の変更は不可能」とのことだった。

企業はしきりに「行政の指導力不足」を口にした。もっと早く分かっていれば企業イメージを優先して無理はしなかった、と。たしかに行政担当者の努力は足りなかった。荒川、文京、台東、そして東京都も景観のガイドラインをもっている。「諏方台地区の歴史を感じさせるみどり豊かな景観の形成と富士見坂等の眺望の確保」（荒川区都市計画マスタープラン）「起伏に富んだ地形が誘起する風景の魅力を高める」（文京区景観基本計画）「日本の象徴でもある富士山を再び東京のランドマークとして都市景観の中に取り戻していく方法として、富士山の見える公園、緑地、富士山を望む広い道路坂道や展望台など、多様な眺望点を整備することが考えられる」（東京都都市計画マスタープラン）

これだけ公式文書に美辞麗句が書いてあっても、富士見坂があるのは荒川区、ビルが建つのは文京区、行政間に何の連絡もなく、しかも開発と景観を扱う部署がちがうため、山の景色をさえぎるビルは認可され、着工してしまったのである。

この期に及んで、荒川区議会、文京区議会が陳情書を採択したり、区長が事業者に電話を入れたりしたが、鉄骨は日に日に空へ向ってのびていき、坂の上は富士を見る人でごった返した。買い取りの可能性を求め手をつくしたが物別れに終わり、結局「本件のような景観問題につきましては、立法措置によって解決されるべき課題であり、一私企業の負担においてなされるべき問題でないと解しております」（親会社日本鋼管の回答）「現在の日本の法制度上では私有財産権の一部を公権力により規制する条例等の整備は困難と考えています」（東京都）という開発側、行政の判断が示されて終わった。

たしかに六百パーセントという容積率が一律に許容されている同じ本郷通り沿いにおいて、ここの土地だけは富士山の眺望をさえぎるから例外的に容積を減らすということはいまの法律上はむずかしい。しかしそもそも用途地域というもの自体、病院や学校が近いから風俗営業はできない、とか、昔からの閑静な住宅街だから容積六十パーセント、といったように土地のもつ独自性、固有性で制限が決められているのだから、景観に対する社会の議論が高まり、理解があれば、そうした制度の改正もできるのかもしれない。一人の所有者、一つの事業主の経済的私権より、坂の上から富士山が見られる、といった多くの人の精神的な、環境的、文化的な権利が優先されてよい時代だと考える。

私たちはとりあえず富士見坂からの全き富士山の姿を失った。富士の左手前にペンシルビルが見えるのはがっかりだ。しかしビルは不変のものではない。何十年先になるのか、このビルが老朽化などにより壊されるとき次の建物はもっと低くしたい。これ以上、富士をさえぎるビルは建てないよう事前に話し合っていきたい。

あれからやたら富士山に関する話題が目につく。写真家藤原新也氏が『俗界富士』を出した。人気漫画家さくらももこ氏責任編集の雑誌は「富士山」というタイトルである。富士山が世界遺産に選定されるかもしれないとの報道があった。しかるのち、選定に洩れたのは富士山をめぐる環境が人間によって汚されているからだとして、毎日新聞が「富士山再生計画」をキャンペーンしはじめた。

江戸、いや広く関東に住む者にとって、富士山の眺望は人びとの心に強く刷り込まれたかけがえのないヘリテージ（文化・自然遺産）ではなかったか。でなければ富士見坂、富士見町、富士見橋、富士銀行、数々の富士見荘、富士見湯、富士屋とこれほどあるわけはない。

太田道灌は五百数十年前、

わが庵は松原つづき海ちかく
　ふじの高根を軒端にぞ見る

と歌った。広重描く駿河町、大通りの正面に富士が見える。そして、いまだに「富士」が見えることになっている校歌は気の遠くなるほどある。

何を建てても勝手なの？

いま、窓の下をちんどん屋が通った。どこの開店なのだろうか。とても懐かしい音に聞こえる。ことしは根津神社も本祭りだったが、結局、山車の太鼓や神輿のかけ声に心浮き立ちながらも行かずにおわった。

ここは白山神社、天祖神社、根津神社の氏子圏の境で、今年はお祭りが重なったため、たいそう賑やかだった。根津神社の神輿の巡行は、昼ご飯を食べていた中華そば屋から眺めた。神主を乗せた馬も何頭か出、銀杏並木の茂った本郷通りをしずしずと進んでいった。つい箸が止まる。私は神道に属してはいないが、お祭りは好きである。ことしの夏は長く暑く、かなりバテた体をもて余しながら、風にのってくるかすかな祭りのさざめきに、秋が来たという感慨がある。

が、いっこうにマンション紛争の熱さは衰えない。

谷中三崎坂の途中に九階建てのライオンズマンションの計画が発表されたのは、一九九八年の秋だった。三崎坂は谷中墓地前から千駄木へかけて降りる西向きのゆるやかな長いスロープである。両側は寺で、その門前の町屋も長屋や下見張りの小家が多く、谷中を訪ねる人がもっとも好む通りだ。大円寺には鈴木春信と笠森お仙の碑があり、全生庵には山岡鉄舟と三遊亭円朝の墓が、天龍院には種痘の祖、伊東玄朴の墓が、永久寺には仮名垣魯文の墓があって、参詣の人もこの坂を登り降りする。

その坂ぞいの道はほとんど江戸切絵図のころから寺の土地のようであるが、道に面したかなり大きな邸宅がマンション業者に売られ、九階のビルが建つというと、景観上かなり威圧感のあるものになるのは避けられなかった。そもそもなぜ寺町の真ん中にこんな民有地がはさまったのかは知らぬが、どうも廃寺となった寺のあとをそっくり買ったという話である。その古い和風住宅をとり毀すときも私は見にいったのだが、もったいないほどのいい建物だった。それを壊して現代的な斬新な住宅ができ、その入口の階段が歌劇の舞台装置のようなので、私はひそかに「谷中のアイーダ」と名付けていた。

バブルがはじけ、持主の事業が失敗したのかもしれなかった。そういう人は遠くの業者にこっそり売ってこっそり町を出ていく。谷中・根津・千駄木あたりでは親代々の蔵書家や骨董を持つ人もいるのだが、売られる場合はなぜか遠くの業者が入る。近くの業者だと、その口から家の内情が近隣に洩れるのを怖れてのことかもしれない。

とにかく両隣の寺も前の家も知らぬうちに、そこは大京という最大手のマンションメーカーが建てることになった。しかし九階建てといえば、静かな寺町の真ん中にまるで上野の松坂屋百貨店がはさまるようなもの。黙って売っていった元の住人に町中の非難が集まった。

しかし谷中の住民の対応は早かった。十月二十八日、「ライオンズマンション台東谷中新築工事と谷中の町を考える会」が発足。台東区議会と区長あてに「計画見直し陳情書」が十一月十日に出され、趣旨採択された。

十二月二日、面白い手法だと思ったのだが、マンション予定地の隣り、妙法寺の門前にピロットバルーンが三つ上がった。二つは高さ二十八メートル、奥行き四十七・四メートルを示すもの、もう一つは十二月八日の住民大会の告知。これで住民はこの高さ、この奥行きまでビルが建つのか、とあらためて驚愕した。

空が狭くなる……。もともとは寺の土地だし、下谷仏教会では土地を周辺の寺々で買い戻し、墓地として分譲してはどうか、との意見もあった。しかし大京に転売する意志はなく、ならどうにか四、五階にしてほしい、それが一戸あたりの価格に跳ね返るなら少し高かろうが全戸、近隣住民が買ってもいい、販売に協力して、その分、宣伝費を浮かすことができる、そんな話が町民から次々に出た。

一方、開発側の大京にとってもこうした住民の対応は意外だったらしい。合法的に取得した土地に建築基準法に抵触しないマンションを建てようというのに。しかし大京側の対応も早く、十二月三日、社長と東京支店長自ら視察に訪れ、十二月七日、いったん建築確認申請を取り下げたうえで、十二月八日の住民大会にのぞんだ。谷中七十寺、十四町会が支援するこの住民大会の参加者は三百人に及んだ。面白かったのは大京側の専務以下担当者を、住民が怒号でなく拍手で迎えたことである。大京側は四十九戸を四十戸にし、九階を八階、三メートル低くする妥協案を示したが、住民はそれでは納得しなかった。それから「寺町谷中にふさわしいマンションとは何か」の模索がつづく。

年があらたまって二月、大京側の出した計画案は、全体のボリュームにおいては住民側と折り合わなかったものの、意匠や色彩、植栽については谷中という地域性への配慮が見られた。両者は、
一、複数案の提示
二、計画検討会による計画案の検討
で合意し、さっそく谷中側では事務局、寺方、町方、専門家からなる検討委員会を構成した。

一方、三崎坂に面した町会では、大京だけに注文をつけるのではなく、「自ら課す地域ルール」を明文化し、これから主体的な町づくりをしていこうという動きがはじまった。二月十三日、「谷中三崎坂町づくり憲章を考える会」の第一回全体会議が開催された。これはかなり面倒な手続きを必要とする「谷中三崎坂建築協定」を締結する努力へとつながっていく。

一九九九年七月二十三日、大京側から最終案が示され、改めて台東区に建築確認申請が提出された。当初の九階建てはなんと六階、しかも三崎坂に面しては四階建てにして景観への威圧感を与えない建物に変更された。形や色も谷中に合ったものに、入口には植栽をし、藤棚や集会室ももうけられた。これは業者、住民とも、対立から共生への道を探ったきわめて珍しいケースとして注目され、多くのマスメディアで報道された。

ことし八月、三崎坂全生庵で恒例の円朝まつりが行なわれ、私はいつものように入口の切符のもぎりに行った。目の前では、大京のマンションがちょうど竣工して、内覧会をやっているところだった。こうしてみるとなかなか、町に合った、目ざわりでないビルになったものだと思う。

いままでどの町にもライオンズはライオンズ、秀和は秀和、フジタはフジタとそのメーカーらしい目をひくマンションを建ててきた。ライオンズは初期、暑くるしいレンガ色のマンションで自己主張していたはずだ。最近はずいぶん色が落ちついている。いまやその町に合った、その町のストックとなるような住民によろこばれるようなマンションを建てざるをえない時代なのかもしれない。大京は今回の谷中の例を逆手にとって最大限に利用し、全国紙に全面広告を打ち、企業イメージの向上につとめた。

そのためほとんど全戸が売れたが、この日二、三のキャンセル物件を案内していたのである。もぎりの合間にその部屋を見にいくと窓からまわりはすべて寺の緑、まるで熱帯雨林の中にいるような、東京とは思えない景色だった。

ほんの少し、いまいるマンションを売ってここに引越してこようか、と思いかけた。谷中には友だちも多い。根津の居酒屋も近い。そのとき販売係の男がすり寄ってきて、いまいらっしゃるマンション下取りいたしますよ、この二年で一、二千万は下がってますが、それでよろしければ、という。

冷水を浴びた心地だった。冗談じゃない。私はいまの住いをかなり気にいっているのだ。資産価値に置きかえることなく使用価値として。この男にも腹を立てたが、新築の静かなマンションにたやすく心移りするなんて、なんてことだと自分も情なかった。

三崎坂のマンション紛争はまあいいかたちで収束したが、新たに一本南の言問通り、善光寺坂上で総合地所と長谷工による大規模マンション工事が問題となっている。谷中、そして上野桜木町といえば、上野公園に隣接し、東京芸大もほど近い静かな住宅街である。この四月、そこにものすごい解体工事の音が響いた。

そこはもともとは東京薬科大学女子部があったところで、戦時中、学生たちは東京大空襲の負傷者をけんめいに運んで介護したと聞く。その後、日本医大看護専門学校となっていたが、経営の悪化から土地がマンション業者に売られた。震災復興期の頑丈なコンクリート校舎が近隣へのまともな説明もなく解体されはじめ、静かな制作環境を好んで住んでいたアーティストが騒音に耐えられず越していった。

計画は地上十四階（四十メートル強）、戸数一五二（五百人）、地域最大の規模である。開発業者は「合法の範囲でのマンションであり、計画戸数、占有面積の減少は事業の根幹に係わるため一切譲れない」と強気である。

ここでも、簡単に土地を売った日本医大への住民の怒りが顕著だった。もともとは上野寛永寺の寺領であり、教育機関だからと土地を薬学校に使うことを許した経緯がある。一方、業者は都心居住の推進こそ公益性があると、高層マンションの建設及び利益追求を合理化する。行政は都市計画法、建築基準法にパスしさえすれば許可を出す。こうして土地の歴史と住民の生活環境はたやすく踏みにじられていく。

いま、住民は町会、仏教会などもまき込み、
・せめて二階分低くし、日照権、人工照射を
・高さやボリュームの見直しを
・風害シミュレーションの提示と具体的対策を
・出入口は二ヶ所にし車の流れをスムースに
などの要求を出して闘っている。「彼等は建てて、売って、さよならすれば終わりです」とチラシにあった。言問通りは反対運動の黄色いのぼり一色だ。

モグラ叩きのように起こるマンション紛争。不況対策として、また倒産寸前のゼネコン救済策として、政府がこの二年に限り、住宅取得減税を打ち出したため、駆け込み受注が増えていることもある。

私の町だけではない。今日もファックスには国立《くにたち》の一橋大学の前の大学通りに、明和地所が計画した十四階建て、三四三戸の巨大マンションのシンポジウムのお知らせが入ってきた。

「景観と環境を売りものにするマンション・デベロッパーに、まちが壊されてゆく——建築基準法さえクリアすれば何を建てても勝手なの？」

この問いはしごくまっとうなものではないだろうか。

ダヤック族のロングハウス

琉球インフォメーションセンターの寄田勝彦さんから、赤道直下のカリマンタンへ行きませんか、とお誘いがあった。カリマンタンはインドネシアの島、世界で三番目に大きい旧ボルネオ島の大半を占め、その島の北部はマレーシアのサラワク、一部ブルネイである。

そこでは北大チームが現地のパランカラヤ大学と森林火災にあった森の回復につとめているが、住民との協同がなく、いまだに盗伐もある。環境教育のプログラムをつくって住民とともに森の保全をしたい、その協力を組織するためのツアーだ。

十一月十三日、成田発のシンガポール航空は、台湾に寄り、シンガポールで乗り換え、夕方ジャカルタに着いた。しかし首都は政情不安で治安が悪いので、すぐ三十キロほど離れた郊外ボゴールのホテルへ向う。案内のオンさんから、インドネシアは貧富の差が大きく、最低賃金は月に五千円（四十万ルピア）ほど。政治家はワイロを取り肥え太っている。

学校は義務教育といってもお金がかかり、学校の数も先生も足りないので午前午後の二部制なこと、失業率はいま二割ちょっと、平均寿命は男六十歳、女六十五歳などと聞く。私、もうすぐ寿命、仕事もお金もないなら長生きしてもしょうがないネ、と中国系のオンさんは笑った。大小三千の島からなるこの国にはさまざまな民族と宗教の人がいる。

翌日、世界に冠たるボゴールの植物園を訪ね、園内でお弁当を食べる。一八三四年に開かれた広大な園で、案内人の英語はひどく聞きとりにくい。さまざまな種類のヤシ、バオバブ、ナツメグ、バナナ、ガジュマル……。〝ソーセージの木〟や〝義理の母の舌〟〝トランペットの花〟なんて名前の植物を見た。この晩ジャカルタ泊まり。

十五日、いよいよ中央カリマンタンのパランカラヤに飛ぶ。が、一度乗った飛行機のエンジントラブルでまた降ろされる。メルパッチとかいう国内線だが、飛ぶ前に分かって良かったね、と胸をなでおろす。二時間ほど待たされ、ふたたび出発。ホテルのくれたパン、待つ客をなだめるためか、待合室で出たスープ定食、機内食と三回朝食を食べたのに、着いたとたん、パランカラヤ大学のイチ先生が昼の食事に連れていって下さった。しかしこれがうまい。豚の脳みそ、カッサバの葉、牛のしっぽ、不思議な豆など十数種の煮込み料理がじつにおいしい。

ホテルで休んだあと、午後パランカラヤ大学で北大の大崎満、秦寛先生のレクチャーを

聞く。植物専門の大崎先生いわく、

「アジアの各地で植林の手伝いをしたが、援助予算がついても木を植えるばかりでその後の維持までは関与できず空しい。ここでは現地の大学と協力して、科学技術庁の助成のもと、十年のプロジェクトを組んでいる。一九九七年のエルニーニョ現象で森が乾燥し、カリマンタンのピートランド（泥炭層）の熱帯雨林でも大規模な森林火災が起こり、国際的問題になった。

森というのは炭素を固定することが大事な役目だが、火災によって泥炭の表層土が燃え、炭素が大量に空気中に放出され、地球温暖化に拍車をかけた。その後、各国のチームが復興支援に入ったが、木を植えただけで放棄されたところも多い。以前からのインドネシア政府の百万ヘクタールに及ぶ無理な運河計画、皆伐農地化、無理な百万人移住という巨大プロジェクトも、森林火災をひどくする原因だった」

動物学の秦先生はこの回復地にヤギなどの動物を入れて、下草を食べさせ森の回復に役立てながら、育てて換金し農家の収入を確保する、という一石二鳥を試みているという。そのほかパランカラヤ大学のスイドー先生らスタッフの現状説明もあった。この夜、豪雨。

十六日、バスで実験地（プロットA）へ行く。ここは「火が入ったが、植生が回復している所」である。セバンゴ川をスピードボートで走る。沖縄で見たパイナップルのような実のつくアダンとカヤツリ草が生えている。川の真ん中で降ろされ、水面をまるでキリストのように歩いた。といっても下に荷物運搬用のトロッコのレールと丸太があるのだが、木はくさりかけて足元があやしい。水は泥炭がとけてコカコーラのような色をしている。

実験地の小屋から森に入っていく。森林の生産力調査の一端を教わる。どれくらい根が深いかを調べる所、丸太の玉切り、落葉の量をはかるネットなどを用いる。ナタの使い方はコツがいる。ナタはここではダヤック族の使うナタである。籐（ラタン）のつるをまいてすべり止めにしたなかなかカッコいいもので、ついでに足は地下足袋。腐葉土で足をすべらすとズボッと落ちる。丸太の上を歩くにも大崎先生のような地下足袋が一番だ。

ここで食虫植物をはじめて見た。巾着のような緑の袋の中に、水分がたまり、いくつもの黒い虫が入っていた。草が虫を食べる、ちょっと感動する。夜八時、「屋根を打貫くような」豪雨。

十七日。夜が明けるとなぜか晴天。今日は森林火災の現場を通り、フィンランドのチームが木を植えてはいったが、維持をしていないためまったく回復していない森を見る。そう説明されないと単なるきれいな草原に見えるんだけど。上の方だけ葉のついた焼け残りの木のほか、苗木が一列にチョロチョロ。酸性の土壌によく育つ赤い野ボタンが多い。

それからオートバイの後ろに乗せてもらいさらに奥地へ。風を切り四、五十分は走った。とにかく暑い。小屋で横になって休んだあと森に入ると、高い梢に枝で巣をつくり、ざわざわと音をさせながら茶色の動物が枝から枝へと渡っていく。オランウータンだ。双眼鏡をのぞくと真っ黒な瞳が二つ見えた。

午後は北大の動物学の秦先生がヤギを放牧している実験地へ。いくら働いても農耕収入はいかにも少ないので、ヤギなどの家畜を育て、換金して農民の暮らしをたてる、というプロジェクトである。まわりの柵には弱い電気を通して、動物が逃げないようになっている。この日、私は赤道直下の暑さにダウンして、夕食がとれなかった。

十八日、いよいよ平底のボートを乗りついで、ダヤック族の村に行く。朝八時にホテルを出発して着いたのは四時近い。桟橋に村中の大人と子どもが出迎えている。村に入る儀式があり、外から来る者を防ぐ踊りのあと、皆、ヤシの葉でつくった帽子をかぶらされ、肩に聖水をかけられ、頬に白い粉を塗られて、メタントヨイという古い高床式の家に招かれた。ダヤックの人びとはいままで日本人を見たことがないらしい。

ロングハウスと呼ぶ古い家の入口には父と母と子どものトーテムポールが立ててある。家へ入る階段は丸太とナタで刻んだもの。幅五間、長さ十二間くらいだろうか。ここでも家族が生活しているが、ゲストハウスにもなっているらしい。天井の高さは五メートル以上あって、釘をつかわず楔で建ててある。

村中の人が続々この家に集まってきた。まるで体育館のようだ。似た建物を思い出す。三内丸山遺跡に復元された最大規模の竪穴式住居。雨が降るとき、集落の人びとはここに集まり、中で煮炊きもし、話し合いも宴会も運動もしたのであろう。

歓迎の菓子と茶が出されたあと、村を案内してくれるという。といってもただ山道を歩き、焼き畑を見学するだけだが楽しい。とくに人がつくったモノがなくても、自分の土地の案内ができるということを学んだ。倒木の中に陸稲が青々としている。

夕食まで川で泳いでよいことになった。水着の上にTシャツを着て泳いだが、すぐ川下に流される。立っているだけでジェットシャワーを受けているような爽快な気分である。

暗くなって、きっとここでは最高のもてなしなのだろう、陸稲の炊いたのとおかずが三品出た。一つはタネバナナとゴボウ、一つは豚肉とラタンのココナツ煮、もう一つは豚肉の甘辛煮である。日本では写真でしか見ないラタンは、煮ると何ともいえぬ苦味があり、歯ざわりもよい。そのあと歓迎集会になだれ込み、まず村長が話した。この建物は十八世紀に偉大な自然の力をもつ五人の男たちが作った。すべてのものに神は宿り、そこにかけてある鹿も神である。われわれは文字をもたないので、話はすべて伝承によるものだ。どうか皆さんもこの家の話を広めてほしい。

家畜を飼い、面倒で小規模な昔ながらの焼き畑農業を行ない、わずかに木彫りをする程度だが、自然に包まれているためか、村は貧しげには見えなかった。先ほど暗い床に腹ばいで勉強をしていた子どもたちは大人の話をよく聞く。私たちのつたない英語での自己紹介がパランカラヤ大学の先生によってダヤックの言葉に直されると、笑いが起こる。

そのあと、自らもシャーマンの家柄であるスイドー先生がこの村の暮らしを守り、土地に誇りを持つこと、いくら現金が欲しいとはいえ、森を盗伐したり、川で不法に砂金採りをするのはむしろ自らの首をしめるといった大演説を、ダヤック語でしているようだった。多くの人はうなずき、ある人は渋い顔をしていた。そのあと大演芸大会に移り、女性たちの慎ましく恥じらいのある踊りを見たり、ガムランと太鼓を伴奏とする歌など、疲労で夢うつつの中で宴はいつ果てるとも知れず続く。甘酸っぱい地酒もふるまわれた。

翌朝雨。私はまた一人、川で泳いだ。まわりで老女たちが髪を洗い、沐浴をしている。言葉はインドネシア語で「オハヨウ」しかいえないが、笑顔が戻る。

それから雨の中、珍しい鉄木があるというので山に出かけた。

すぐそこかと思ったら、一時間もズブズブ足がもぐる山を上り下りするので泣きたくなった。先導の、腰にナタを吊ったダヤックの老人は飛ぶように山を行く。めぐり合った鉄木、アイアン・トゥリーはたしかに爪も立たない、コゲ茶色の木だった。どうやってこれを切るのだろう。頂上まで順に見上げると、やはり木の威厳というか、気がそこを支配しているようでしんとした気持ちになった。

そこここにゴムの木にキズをつけ、葉をさして樹液を集めている。集めて巨大豆腐のように固め池に浮かべてある。少し黄色味を帯び、さわると弾力があった。大事な換金作物である。

ダヤックの村に別れをつげ、またボートでパランカラヤへ。

これからまた別の船で一昼夜パンジャルマンまで川を溯る。船は木造の古いもので、床も板張り、ランプが下がり、そこにヤシの葉につつまれた鶏肉とごはんの弁当とビールを夕食用に持ち込んだ。

船はゆるゆると川をゆく。川の両岸のマングローブのシルエット、ところどころに灯る明かり、それが川岸に開かれた家の生活を照らす。家族でご飯を食べていたり、木陰に恋人らしき男女がいたり、まるで移動しながらどこまでもつづく芝居を見ているようだった。写真でも撮れない、絵にも描けない。また描く必要もない美しい風景だ。これを見るためだけでもカリマンタンに来たかいはあると、私は飽きずに眺めていた。

めんどくさがり

今年の冬は寒く、伊達の薄着がすきな私も、赤外線ポカポカハイソックスをはき、首にマフラーを巻き、軽いキルトのどてらを着て机に向っている。

伊達の薄着は、そもそも体に肉布団がついているので、少しでもすっきり見せたいというわけだが、これだけたくさん着てのその家の中を歩き回っていると「クマ」という家族からの仇名にますます拍車がかかっている。

しかし私は冬に家の中が暖かいのはきらいだ。頭寒足熱のたとえどおり、空気の方はしんと冷たい方が頭が冴える。空気が汚れるのは嫌なので、ガスストーブや石油ストーブは使いたくない。臭いもダメ。乾燥にも弱いので電気ファンヒーターもダメ。それで家には一つ、イタリア製のオイルパネルヒーターがあるだけ。これは空気も汚さず、静かで、臭いもしない。去年あったホットカーペットは機械の主要部分を踏んづけ、何度ものを落としたせいか、壊れてそれきり。

テレビを見ていたら究極の節約主婦が出てきて、ほとんど私と同じである。みな家の中で厚着をしている。窓から熱を逃がさないよう、見栄えは悪いが包装用ビニールマットを窓に貼る。こたつはあるが電源を入れない。中には、唯一の暖房装置が何だと思う、猫という家がある。昼は膝の上、夜は布団の中、二十四時間フル稼働、しかも癒し機能付というので爆笑した。暖房費よりエサ代の方が安いそうだ。

この主婦たちは照明は小まめに「切る」。待機電力はもったいないので、ビデオもファックスもコンセントから「抜く」。電気代だけではない。鍋物は沸騰したらガスを消して新聞で包み余熱で煮る。野菜をゆでる鍋の上の余熱でフライパンを温める、といったガス代節約のワザ。水節約のため学校では蛇口から「エンピツの太さ」で出すように教えるが、彼女たちは「エンピツの芯の太さ」で出す。台所用洗剤は十倍に薄め一年もたす。台所で顔を洗い、そのせっけん水をためて食器を洗うといった水道代節約のワザ。

それをお金がないからという暗い気分でなく、嬉々としてゲームのようにやってのける。これは不況の時代を明るく生き抜くヒロインたちに見えてきた。いわく「財布にも環境にも負担のない生活」。

でも、似たようなものだ。

面倒くさい、が根拠である。モノが一つ家に増えるとそれに心をとられる。電気が一つ増えると切れれば電気の球をとりかえねばならず、ファックスやコピー機が入れば、その故障や不調に心を悩ます。そのわずらわしさがたまらない。最近ではモノどころか、知り合いを一人増やすのだって消極的である。

服を増やさないのは何を着ていこうか、と考えるのが面倒なので。ことしの冬の外出はこれ、と決めてしまうと、いつも同じ服。着古してテロテロになるとどんどん着やすくなる。さすがに外に着ていくにはくたびれてくると家の中で着る。最後は寝巻きにする。だから所帯をもって以来、パジャマを買ったことがない。朝、宅急便が来たときまだ寝ていても、すぐ出られるから便利だ。ユニクロの安いフリースが何百万着売れたと新聞雑誌が騒いでいるが、新しい服が何百万着売れたとしても、それが全部廃棄物になるときのことを考えているのかしら。

化粧品も買わない。あれこれ塗りたくるのは面倒だ。去年の夏、沖縄でさんざ泳いだが、そのときも日焼け止めを塗るのが面倒なので、その結果、かなり焼けてシミもできた。そもそもずっと炎天下で町並みや聞き取りの調査をして歩いているのだからしかたない。シミやシワは人生の勲章だと思うことにしよう。

女優などで不自然に加齢しない人、不自然なほどにスタイルを維持している人を見ると羨ましいより、いたましい。体型や容貌を維持するためにレーザーでシミを除去したり、脂肪をとったり、頭の中で皮をつまんで皺をのばしたり、その努力が苦しげだ。年を重ねることが日本では評価されないけれど、とにかく私は面倒なので、年相応に見えればいい。肌に何かを与えるより、取り去らない方が大切ではないか。

買い物は布袋を下げていって、なるべく簡易包装にしてもらう。環境のことを考えてというより、取ったりはがしたりするのが面倒だからである。本の紙カバーもしてもらわない。箱は捨て、腰巻すらどうせはがしてしまうし、包装を待つ時間が惜しい。

紙類も買ったことはなくて、聞き書きのメモもエッセイの構想もコピー用紙やゲラの裏である。それでも大量に出るので、うちの子は数字の計算も、単語を書いて覚えるのも、これでやっている。余ると友人が施設で封筒貼りに使うからくれという。

ゴミだって他の家ほどは出していない。とはいえ、ゴミは買ったものより貰ったものから作られる。送られてくる本や雑誌とその包装の段ボール。贈答品はことに過剰包装で、頂いたときはビールでもスープでもありがたく味わうのに、段ボール箱を解体しゴミとして出すさいには、贈答という習慣はよくない、と思ったりする。

お正月になったから、二十一世紀を生き延びるにはどうしたらいいか、また裏白紙に思いつきで整理してみた。

1　暖房、冷房を最低限に、照明はこまめに切る→電気代を減らす

2　余熱を使って調理する
　　風呂はつづけて入る
　　湯わかしは元を切る
　　　　→ガス代を減らす

3　長電話しない。携帯は持たない。携帯へは電話しない→電話代を減らす

4　お風呂の水で手洗いする→水道代を減らす

5　油や味噌汁は適量使い、作って流さない→川を汚さない

6　物をできるだけもらわない、あげない→ゴミを出さない

7　服は旅先で「思い出」としてのみ買い最後まで着る

8　食料はその日使う分だけ買う

実をいうと、お手洗いの水をそのたびに流すのだって気がとがめる。ましてや音を消すために二度流す人なんてのはおよそ信じられない。あれは自然の音なのに。

インドやモンゴル、タイの田舎などに行くと水洗便所はなく、紙を用いない。お正月にも八日間、タイに行った。しゃがむ型のトイレで、終わったあとは右手で水ための水をく

み、左手で清める。気持のいいものである。

帰ってきて、紙を使い水を流すのが何だか気分が悪い。そう思っていた矢先、テレビの節約主婦は、コーナーのすみに小さな屑箱を置いて小の方は拭いた紙をそこに捨て、水道代節約のため水は流さないといっていた。見習おうと思う。

タイのその村では上下水道もゴミ収集も行政はしていないが、みな平気で暮らしている。飲み水は雨期にかめに貯めた水を使う。どの家にも大きなかめが三つずつあった。雨期になって最初の水は汚れているから、少したってから蓋をあけて貯めるのだという。家の前に井戸を掘る。その水はやや酸っぱく、鉄分を含んでいるように感じられたが、水浴びやトイレ用、洗濯に用いている。トイレといっても広くて、そこで水浴び、洗濯、食器洗いもする。使った水は外に出て、溝からどこかへ流れていくらしい。しかし嫌な匂いはまったくしなかった。

ゴミはほとんど出ない。鳥の骨は犬が食べる。残したものは必ず誰かが食べるのだ。バナナの皮は道路に投げてしまい、生ゴミは土に戻す。紙ももともと使わないからゴミにならない。鼻も手でかんでいた。消費社会ではないのである。

子どもたちが床にはらばってノートに宿題をやる。そのノートだって貴重な紙の一つだろう。ビニール袋だって、日本のようにスーパーがあるわけでなく、そんなにたくさんは使わないが、ゴミとして出る場合、各自、畑で焼くそうだ。

道路は土の道である。舗装もせず、ゴミ収集もなく、下水道も住民まかせ、なら政府は何をやるの、と聞くと、村の女性が笑って選挙と答えた。その日はたまたまタイの総選挙の日で、大人たちはみな小学校へ投票に行った。いままで与党であった民主党が負け、愛国党が勝って、電話事業の富豪であるタクシンが首相になった。この村ではしかし愛国党より民主党の方が人気があるようだった。

どこまでもつづくきれいな土の道を見ていて、日本で道路建設などとことさらにいうのが妙に変なことに思えた。政治家も役人も、道路を作ってあげる、橋を架けてあげた、という。ここでは立派に道があるじゃないか。道はもともと人が踏み固めてつくったものだ。日本でいえば国道一号線は東海道だし、四号線は日光街道だし、十七号線は中山道だし、昔の人が踏み固めてつくってくれたあとを、ただ行政は車のために広げたり舗装しているだけである。それも住民の税金で。あげる、とは何と見境のない言い方なのだろう。

そんなことを考えて日本に帰ってきた。

モノ書きの収入なんて大したことはないが、こんなに使わないと、お金は余る。「稼がず使わず」をモットーに生きてきたが、最近は「使わないから稼ぐ必要はない」に逆転してしまった。女手一つ筆一本でよく三人も育てましたね、といわれる。たしかにもっとも金がかかるのは育ち盛り、通学中の子どもである。それでも貧乏は稼ぎに追いつかない。このところ連載させてもらっていた雑誌の廃刊も続き、本の売れ行きも減ってはいるが、少し膨張した生活を元に戻せばいいだけだ。納得のいく仕事をするにはそんなに仕事は増やせない。

熱心な依頼を断わるのは大変、引き受ける方が面倒くさくない、と思うこともある。あまり断わってばかりいると仕事が来なくなるゾ、とその場の気分で引き受けたりする。なんとイイカゲンなことだろう。しかし邪念で気の乗らない注文を引き受けるとやっぱり筆がすすまず、あー引き受けなきゃよかった、と布団をかぶって昼寝。早々に帰った娘が、ちらっと見て「クマさん冬眠中」とつぶやき、またアルバイトに出かけていく。

ムギワラ町長——森健次郎のこと

宮城県の南端、角田《かくだ》市の商工会から講演の依頼があった。題はいま流行りの中心市街地再活性化である。日本中、どこも郊外に大型スーパーや本屋、パチンコ屋ができ、駅前や町の真ん中の古い商店街はさびれている。

人前で話すのは苦手だし、たいてい断わるのだが、角田というので行って見たくなった。十年近く前、私は「祖母桃代は角田高女を出て小学校の先生をしていた」と書いたことがある。その現地を見もしないで書いたことが心にひっかかっていた。どころか、祖父一作の方も、角田中学を出て、上京、東京歯科医師専門学校（いまの東京歯科大）を出て歯医者になった。二人の故郷は角田の隣りの丸森町である。そこも見たかった。

引き受けてから日がなかった。元プランナーで、いまや東北の行脚びと、民俗研究家になってしまった仙台の結城登美雄さんに電話をかけると、「オウ、そんなら行くよ」と懐かしい声がした。彼は東北中どこのことも詳しいし、これで安心だ。

新幹線を白石蔵王で降りると、結城さんが連れあいの美恵子さんと待ってくれていた。結城さんは免許を持っていないのだ。そこから雪の残る道をまず丸森へ向う。

「祖父の父は森勇馬といって大地主だったらしいの。小作人をしぼってその上りで暮してたと、父は後ろめたそうに言っていた。その人は一生働きもせず、すごい潔癖症で、奥座敷にいて、話すときはツバがかかると扇子をかざしたんだって。その長男、祖父の一番上の兄が健次郎といって丸森の町長をしたことがあるらしい」

と前日、父に聞いたことをせわしなく伝える。ケンジロウさんかい、聞いたことがあるな、おそらく小斎《こさい》だろう、と結城さんがゆったりと当りをつける。でもネ、森さん、地主だから悪いって、そういう思い込みはやめた方がいいよ。

丸森町が素封家から寄贈を受けて、蔵の郷土資料館として整備した斎理屋敷を見る。斎藤理助と称する商家だが、昭和六十二年、七代目が亡くなり直接の血筋が絶えている。その広大な居室や蔵十棟ほどを使って家にまつわる品を陳列していた。いわば町一番の商業資本であり、さすがに着物も器も雛道具も贅を尽したものであった。金を借りた農家たちが金が返せずに土地を返すので、集積してかなりの土地持ちにもなったという。

丸森の住民で、かつて斎理屋敷で働いていた人の証言から展示が作られている。それによると、斎理の主人は白いご飯を使用人に食べたいだけ食べさせ、食べる間は働かなくてよいといったそうだ。初めて奉公に上った人を「どろどろした黒い汁」すなわちコーヒーでもてなし、自動車を買えばまっ先に使用人を乗せて走った。

驚いている私に結城さんは、「ほらね、おしんと違うだろ。貧しさ、飢え、身売り、使用人をこきつかうなんて暗いイメージばかりで東北を固めないでほしいね」という。

町をひとまわりしたあと、筆甫《ひっぽ》そば処清流庵に行く。

「丸森は住みやすい所だと思うよ。まあどこでもそうだがいま農業、林業、商業、工業どれもダメ。金はそうかせげない。米は今三十キロ一万でしょう。だいたい一町歩つくって年収一二〇万てとこじゃないかな。これじゃ手をかけられない。いきおい平日は役場や工場につとめて、休日に機械で植えたり、刈ったりする。バブルのときは東北中、何億も融資受けて妙な公共施設をたくさんつくったが、それは住民の生活をとくだんよくしない。借金も残る。みんなが望んでるのは、そんなどでかい夢じゃなく、月にあと三万、あと五万、うちはどうにかなんねかなあ、ってことなんだ」

そこで結城さんが相談に乗り、筆甫という部落でそばを栽培、川沿いに粉をひいて打って食べさせる店を開業したという。ガラリと戸を開けると店の人が一同手をとらんばかりに迎えてくれた。「客が一万人を超えたのよ。三千ぐらいだと思ったがなあ」「俺は五千かと思った。良かったな」

土日祝日のみ営業、しかも午前十一時から午後二時半の三時間半勝負で開店一年たたないうちに一万人。休日は車の渋滞まで起きた。そばは八百円だが、お酒も出るし、土産物の収入が馬鹿にならないという。たしかに二畳ほどの売店にそば粉、梅干、漬物、竹酢液、えごま汁とちょっと心魅かれるものばかり。そばはコシがあって実にうまい。筆甫山品栽培生産組合という方式で経営しており、男二人女二人、張り切って働いていた。

「七十すぎて新しい仕事をつくる、いいだろ」

と結城さん。しかも黒字、本当にうらやましい話だ。

三時すぎ、金山の彼の知人伊藤暉郎さん宅へうかがった。お待ちしてました、と出したのが系図。それによると伊藤家からは森家へ二人嫁いでいるらしい。

「森さんの曾祖父の勇馬さんとこと、健次郎さんの次男で小斎の家をついだ典郎さんにうちからのぶ子が嫁いで、いまもおります。が、今日はたまたま結婚式がありまして、森の本家の人は皆いないんですが」

ということは伊藤さんは私の遠戚だ。私の祖父一作は四男である。長男健次郎は仙台の二高に入ったが、父勇馬の死去により呼び戻され家督を相続した。次男健作は慶応を出て、県境を越えた福島の新地の土地を継いだ。三男文作は東大を出て三菱銀行につとめ、のち帝国製麻の役員となった。そんなことがわかった。

　このうち丸森に残った長男健次郎について町史を見ると、明治二十二年生れ、大正三年小斎村会議員に当選、二十二年間村政に尽力した。その間小斎村長に就任、用水機関及び用水溜池などの造成、農道、橋梁の補修、改良には多大の私財を投じ、地方産業の開発と公共の福祉に貢献した。そのため現在「報恩橋」と呼ばれている橋もある、と書いてあった。

　金山に行くと健次郎伯父の娘のいく子さんがいるんじゃないか、と父滋がいっていた。そのまた娘に当る千恵子さん夫妻が近くだからとそこへ来て下さった。

「いや懐かしいわ。滋《しげ》ちゃん覚えていますとも。上京すると世田谷の一作おじちゃんのところへ世話になったから。東京見物へ行くとき滋ちゃんに渋谷までかな、送ってもらったの。夏になると滋ちゃんたちがいつも遊びにきてたしね」

「私の母のいく子は長女で父の甚治を婿にとって、最初は本家で大家族で暮らしていました。使用人もいれて十数人いたけれど家が広いから狭く感じなかったですね。

　戦前は地主でしたが、小作人にはよくした方だと思います。月に日を決めて医者に来てもらい、うちの費用で検診をしていました。床屋さんにも来てもらって希望する人の髪を刈らせたし。お正月なんか出入りする人誰にも新しい下駄をあげたり。戦後、農地解放で土地はすっかり取られてしまった。それはしかたないけど、昔は世話になったという人が誰もないのは、私ちょっとくやしくて」

ＧＨＱの戦後民主化の一環としての農地解放、すなわち善とばかり習った私には、ちょっと意外な話だった。しぼりとる地主と虐げられた小作人という単純な構図ではないようである。

長兄健次郎と祖父一作の仲は良かったようだ。健次郎は昭和十八年、県会議員に当選、二期つとめたあと、町村合併で丸森町が発足するさい町長になっている。陳情などで上京するさい、健次郎は世田谷の祖父のうちへ泊まり、浮いた宿泊費は町に返したという。

「ほんと、いまの政治家じゃ考えられないくらい潔癖だった。朝はおにぎりを二つつくったのを腰にぶらさげて小斎から町役場まで歩いていった。執務中は日が窓からさし込むのでムギワラ帽子をかぶって机に向っていたんです。で、ムギワラ町長とか腰弁町長と呼ばれてた。そのころ私たちは金山に住んでましたが、よく母の実家小斎へ遊びにいってた。夕方、祖父を送ってきたトラックに乗って帰っていいかしら、というと怒りましてね。これは町の車で森の家のものではない。私がしょげると、まあ運転手さんに聞いて良いといったら乗りなさい、というのでした」

私たちは金山から車で小斎へ向い、主のいない森家をたずねた。田畑を前に、道から上ったところに山懐に抱かれた広大な農家があった。ここに健次郎はいた。百年人が住み、あたかも人格のようになった家。離れの客座敷は二階建てで古い、波打つガラスがはまっていた。蔵も二棟。「裏手にも紅葉が植わっていい眺めだったんですけれども」

町村合併のさい、祖父一作の兄森健次郎と祖母桃代の兄阿部小太郎が町長選で一騎打ち。両家に多少の禍根をのこした。阿部の家は丸森城の城代家老と聞いていたが、たしかに城のまん前に屋敷跡があった。いまは空地となっている。

町長としての森健次郎は、町史によれば、産業振興を重点施策とし、農業改良の普及、高冷地稲作改良などに尽力した。特に昭和三十三年の二十二号台風、三十四年の伊勢湾台風の災害復旧を迅速に行ない、しかも健全財政を確保した、と書かれている。昭和四十一年五月二十八日逝去、七十七歳。身内から見るとくすぐったいほどの顕彰にすぎようけれども、町史にのった実直そうな丸顔の町長は、祖父一作にそっくりであった。

結城さんと別れ、隣りの角田市の宿に泊まり、翌日午後、私は公民館で話をした。そこへなんと角田市在住の祖母の長兄阿部小太郎の娘さん、三兄京平の娘さんたちが来てくれた。

「桃代おばさんはおっとりしてきれいな人だった。その孫のあなたが書いてる本は本屋に注文して読んでるわよ。でもまちがいもある。桃代おばさんは角田高女を出て小学校の先生になったんじゃなくて、角田高女のあと仙台の宮城女子師範も出たんだから。ちゃんと書かなくっちゃ」

明治三十六年生れの勉強好きな祖母が、当時としては女性の最高学府まで行ったのに、ほどなく歯科医の祖父と結婚して仕事をやめたのがもったいなく思えた。二人は芝白金で世帯を持ち、医院を開業した。阿部家の人びとは古いアルバムを見せてくれた。祖母の兄弟はみな、父の兄弟の誰かに似ていた。赤ん坊の私や従兄の写真もある。祖母は孫が生れ、成長するたびに写真に裏書きして故郷に送っていたようである。

閉会の挨拶は、これも驚いたことに森健次郎の別の孫、角田在住の森五十鈴さんがして下さった。

すでに音信のとだえた孫子の世代がここに出会えた不思議を、帰京して父に報告に行く。

「まあ先祖探しは無駄かもしれないな、森家にはお前みたいなヘンな奴はいないよ」と父はいった。

旧東方文化学院のこと

十年ほど前のこと、小石川の住民から、茗荷谷駅裏にある外務省研修所が壊されるかもしれない、という話を聞いた、ついては見学会をやるから見にきてくれ、と。

行ってみると場所は拓殖大学の隣り、表通りからは入っており、ふつう気がつかない建物である。しかも道に面しては頑丈なお寺のような門と塀があり、銅の透かし飾りをのぞくと、向うにまた頑丈そうな建物が見えた。

鉄筋コンクリート三階建てだが、日本風の反った屋根がのっており、少し上野の東京国立博物館に似ている。しかし東博に比べるとずっと小さいし、壁より七連アーチが目につく。こういうのを帝冠様式というのだとそのときは聞いた。入口には階段があり、その両側に獅子が置かれている。玄関を入ると中庭をはさんで左右が一、二階とも小さな部屋に分れている。正面奥は書庫だという。

誰かが、「こりゃ壊そうったって、そう簡単には壊れないよ」といった。壁が厚い。私は〈残すったって、こんな小部屋ばかりじゃあ、ホールどころかギャラリーにもしにくいなあ〉と思った。

この建物は東方文化学院東京研究所として、一九三三年に建てられた。設計は東大教授内田祥三。内田は東京大学キャンパス内の建築や同潤会アパートを手がけた人。昭和に直して八年というと、関東大震災後で、建築界も意匠より耐震が優先された時代、鉄筋コンクリート構造学が専門の内田が、意匠を凝らしながらもこんなふうにがっちり建てたのも分かる気がする。

歴史学者の松島栄一先生がいらしていて、この建物の由来を聞くことができた。一九〇〇年、中国で義和団事変（北清事変）が起こり、これを鎮めるために日本は出兵し、軍費を用い人的被害もあったことへの賠償として、清国より当時の金で四千九百万円ほどの賠償金が支払われた。この一部を用いて、中国研究のための東方文化学院が東京と京都におかれることになった。京都の建物は武田五一、東畑謙三の設計で建てられ、今も京大人文研として大事に使われている、と。東京の研究所はのちに外務省研修所となる。私が見学したころ、皇太子妃に決まった小和田雅子さんがこの建物の前で微笑んでいる姿がよくテレビに映し出されていた。

この建物は存続が危いらしい。一省庁一機関移転により研修所が近県に移され、跡地は大蔵省に移管され、民間への売却もありうるとのことであった。考えてみると、各省庁が東京から外へ出してもよいという機関に限って、省内でも陽が当らないというか、そのため古い建物を利用している。すなわち歴史的建造物に入っているのである。これが移転となれば、建物自体も危機となる。すでに同じころ、農水省の西ヶ原の醸造試験場の移転が問題となっていた。法務省はコンドルによる明治二十九年築の重要文化財岩崎邸を含む司法修習所を埼玉県朝霞に出そうとしていた。どちらも保存問題がもち上っていた矢先である。

東方文化学院についても、運動があまり盛り上りを見せないまま終息し、その後も破壊や払い下げなどの動きがないまま、外務省の研修所は平成七年に神奈川県相模原に引越していった。

昨年になって再び、文京区議の木村民子さんより、この建物の跡地利用が議会で問題になっているという情報が伝えられた。まだ建物が建っているのに跡地利用を検討するのはおかしい、と地元住民や専門家が「旧東方文化学院の建物を生かす会」（代表前野嶤《まさる》東京芸大名誉教授）を設立し、第一回目のシンポジウムが行なわれた。

日大の大川三雄氏がこの建築について話して下さった。それによると内田祥三は、辰野金吾、佐野利器《としかた》につぐ東大建築科三代目の教授である。耐震設計で世界的に有名な佐野利器が突然帝大をやめて民間企業の重役になり、そのあとを任された。

この建物を帝冠様式と呼ぶのは適切ではない。植民地に建てられたナショナリズム建築と混同されやすい。コンドルから西洋建築を学んだ初期の辰野らは、追いつき追い越すために古典主義の純粋西洋建築を好んだが、それを咀嚼した次の世代は日本独自の近代建築とは何かを考え、寺社や日本の伝統文化と関わる建築物にそれを生かそうとした。たとえば同じ内田祥三設計の東大内の弓道場、武道場などもそうである。むしろ日本趣味建築といった方が正確で、東方文化学院もその精髄である。これが歴史主義とモダニズムの流れの挟撃にあって、ほとんど評価がされていない、というのが大川さんの説であった。

さらに、この建物で研究していた窪徳忠東大名誉教授から、当時の思い出話も含めてお話があった。東方文化学院は大正十二年、中国と共同して中国研究をすすめる目的で先に北京と上海に作られ、最初は中国人研究者もいたが、日本の第二次山東出兵に憤慨して引き上げてしまった。このため昭和四年より、日本国内で日本人研究者が中国研究をつづけることになった。当初は建物がなく、東大図書館の一部を借りていたが、昭和八年、小石川区大塚町五十六番地に建物が竣工した。

研究員は主に東大の卒業生から無試験で採用され、外務省の管轄で給料も当時で百円くれた。雑用や事務もなく、教える必要もなく、ただ研究していればよいのでありがたかった。弁当を二つ持っていき、夜遅くまで研究をつづけていた。中国へも長期出張させてくれたが、その旅費は必ずしも十分でなかった。

戦争に負ける前から予算がなくなり、日華協会が半分を用い、金庫やじゅうたんも売った。戦後の一九四六年、外務官吏研修所が日華協会のあとに入り、東方文化学院も一九四八年、東洋文化研究所に吸収され、一九六七年に東大構内に移転した。十四人いた研究員のうち五人が残り、残りは他大学に転出した。「あの門を入っていくと身がひきしまり、研究するぞと背すじがのびたものです」と道教がご専門の窪さんはおっしゃった。

一方、亀甲獣骨文字を研究する松丸道雄氏は、一九六〇年から六六年まで、東洋文化研究所助手として、年に土日を含め三百六十日は通い、ときに徹夜もしたという。また京大の人文研となった京都の学院がスペインの僧院を思わせ、中庭で交流ができるように開かれた設計となっているのに、東京の建物はやや権威性が示され、各自が研究に没頭できるよう個室性が強い。部屋に入ってしまえば一日誰の顔も見ずにすごすこともあった。屋根は厚さが一メートルあり、戦争中の焼夷弾にもびくともせず、屋根だけでもう一つ同じものが建てられるくらい金がかかっていた、という。

玄関脇に一対の獅子、これは研究資料として池之端の骨董屋から買ったものなので、すでに東大の方に引上げて保存してあるそうだ。

もう一人、祭祀演劇がご専門の田仲一成氏は、占領地域の研究や政治、経済、軍事的なことは興亜院の方でやるので、東方文化学院は純粋に過去の中国に関する学術研究のみを行なっていた、当初、中国人と共同して研究していたので、彼らのプライドを傷つけるようなことはせず、大陸政策にコミットしてはいないと思う、と話して下さった。

いずれにせよ、じつに複雑かつ興味深い歴史をもつ建物であるにはちがいない。

そもそも義和団は白蓮教の流れをくむ義和拳教の秘密結社で、十八世紀には「反清復明」（満州族の清を倒し、漢族の明を復興する）を旗印にしていたが、一八九四年、日清戦争後は「扶清滅洋」（清を助けてキリスト教を滅す）と称し、山東から排外運動をおこした。一九〇〇年、北京や天津でもキリスト教会を焼いたり、宣教師らを殺傷したり、鉄道や電線を壊したりし、ついに北京の列国公使領区域を占領した。

清朝は陰で義和団を援助して列強に宣戦を布告、日英米独仏露伊墺の八国軍は、北京にいる外国人を救出すべく、連合軍を組織して二ヶ月で勝利した。西太后や光緒帝は西安にのがれ、高官は大量に自決した。李鴻章が和議にあたり、一九〇一年、首謀者の処刑、北京議定書（辛丑条約）により列強の駐兵権、賠償金四億五千万両などを定めた。史書からかいつまむとこうなる。

このとき賠償金獲得にいちばん貪欲だったのは独（二〇パーセント）露（二八パーセント）らしい。ちなみに米国はこの賠償金で北京に精華大学を設立し、現在、中国で一、二を争う名門校になっている。一方、日本は第五師団、一万人を出兵したが、その賠償金として四八九五万円（全体の七パーセント）を受け取り、対支文化事業部を興した。前述したように東京と京都の東方文化学院が開設される前に、上海に自然科学研究所を、北京に人文科学研究所を開き、その建物はいまも大切に使われているそうである。

いま中国国内では義和団と北清事変については、列強の中国分割に抵抗した民族独立の闘争として評価が変わってきており、北清事変の賠償金で建てられた建物というのは微妙な位置にある。

しかも、この事件が満州に波及するのを防止するという口実でロシアは満州を占領、それが日露戦争の原因となり、その後の日本の満州侵略、日中戦争へとつながっていくことを考えると、前野堯教授が日中関係の〝負の遺産〟という言葉を用いたのもわからなくはない。

「旧東方文化学院の建物を生かす会」が結成され、その設立趣意書では「旧東方文化学院の建物は、その建てられた経緯に思いを馳せるとき、日中間の不幸な歴史を抜きには存在しません。しかし、現代に生きる私どもは、両国間の不幸を乗り越え、旧東方文化学院の建物が平和を祈念する象徴として、新たな意義のもとに存在しつづけることを願います」と述べられている。この建物の歴史を学びはじめた私は〝負の遺産〟といい切るのはまだ早いように思うが、一方、のんびりしていると壊される危険も大きい。

下谷、本郷、小石川という町は、かつて魯迅、孫文、郭沫若から蔣介石まで、中国の留学生を多く受け入れた町だった。最近公刊された周恩来の十九歳の東京時代の日記にも、谷中の寺に寄宿し、彫刻家保田《やすだ》龍門と親交を結んだことが出てくる。国家間の政治以前に、中国人と日本人、それぞれの個人の友情を大事にするために、この建物が活かされることを願うのは甘いのだろうか。

東京の地下鉄

私のような会社勤めでない者でも、およそ一日に一度は外出する。もっと郊外に住んでいれば、飲み会や観劇の誘いの断わりようもあるものを、家から都営三田線の白山駅は坂を降りて一分。しかし階段を降りて改札口までが一分。チャラララーンという電車がくる合図音を環境音楽だというが、私には焦《あせ》らされる合図で、はなはだ心臓に悪い。

地下鉄のカードは持っているが、たいていバッグの底に見えなくなり、切符を買うはめに。これまた千円札が機械の機嫌が悪いらしく何度も戻ってくる。そのうちゴオーッと電車がホームに入る音がする。あわてて改札を通りホームへ降りると、来たのは反対側、なあんだと思うことが多い。

いや正確にはホームへの階段を七分目降りたところで、正面の待合椅子に座る人の足が見える。そこに微動だにしない足が見えれば、来たのは反対側の電車である。

この足が面白い。パンプスをはいた老婦人の太い足、高々と組んだジーンズ、ルーズソックス、通勤服のズボンが並んで、一段降りるごとにだんだん上が見えてくると、足からは思いも寄らない顔がついてたりしておかしくなる。いや、私もよくその椅子に座るので、同じ観察をされていることだろう。

とにかく、音の響き方ではどちらの電車が入ってくるかわからない。改札の上あたりに、今度来た電車はこちら、と大きな赤い電光矢印でも掲示があれば、かなり遠くからでも見えるのに。その望みは叶わないので、とにかく「一電車遅れても死にはしない」と地下通路を走らないことにした。

三田線はほぼ白山通りに沿って走り、白山―春日―水道橋―神保町―大手町―日比谷―内幸町と走る、なかなか使いがいのある線である。もっとも内幸町以降、御成門―芝公園―終点三田まではまず乗らない。同様に白山―千石―巣鴨～高島平方向もめったに乗ることはない。

五年前には本郷通りの下を南北線が通ることになった。私の家からは本駒込と東大前がほぼ等距離で七分ほどだ。東大前駅の方が途中の路地が楽しいのでつい足がむく。これも後楽園―飯田橋―市ヶ谷―四ツ谷―溜池山王と中央線方面へ行くには便利だが、私はどうもこの駅が苦手である。

後から無理して作ったせいか、出入口がとんでもない所についていて、改札まで歩かされる。改札の位置も悪い。ぐるっと回らされてエレベーターを降りると、これが深い。地下道で列車が来るという知らせの「環境音楽」を聞いて走ってもまず間に合ったためしがない。さらにホームと線路の間が安全対策なのか、上までガラスで閉じられ、息がつまる。誰がこんな駅を設計したのかしら。

苦情といえば、「東大前」駅というが、一つの入口はまさに文京女子短大脇についているので、なぜ「文京女子短大前」としなかったのか。町の人もそれは言っていることである。もう一つの口はたしかに東大農学部のはずれについているが、大学の規模で小より大を取るのなら、「本郷追分」とでもすれば良かったのである。

もう一つは、改札口の上に、次に来る電車の時間が掲げてあり、それは遠くからでもよく見えるのだが、その下にある時計が小さくて、とても見えない。腕時計を持たずに外出する私には、いま何分なのかが分からなければ、走って間に合うかどうかの目安にはならないのである。本数は少ないことだし。

東大前駅も本駒込駅も駅文庫というのがあって、工夫上手な駅員さんが利用者の不要書を集め、貸し出している。乗り遅れたら次が来るまで文庫に寄るのが私の楽しみ。ときに自分の本も寄付している。が、ここの返却率は悪いそうだ。つまり持っていったまま返さない人が多いらしい。

東大前駅の棚はおもしろくて、ある日は工学の本ばかりかと思うと、ある日は社会主義の本ばかり、ときに法律書ばかりと、日によって偏りが目立つ。ふつうの人に貸し出せるような一般的な文庫とはいいがたいのは、この駅の特性かもしれない。都内の駅文庫で最も返却率のいいのは、千代田線根津駅だそうだ。たしかに律義な人が多い町である。根津駅のホームでは金魚も飼っているし、靴みがきコーナーもあって、ぬくもりのある好きな駅だ。


最近、大江戸線というのが開通し、春日で乗り換えると、いままで距離は近いのに公共交通では行きにくかった上野・浅草・両国方面へ便利である。このおかげで、都庁から江戸東京博物館へ直通三十分だ。

このネーミングは、公募によって選定委員会がはじめ都心環状線とか何とか、別の名に決めたらしいが、石原都知事が「そんなの駄目」とどたん場でひっくり返したと聞く。公募の広告が車内に掲示されていたのを見あげ、電車に揺られながら、私だったらと「おたまじゃくし線」とか「北斗七星」とか考えてみたけれど、なるほど大江戸線ね。

たしかに開業以来、雑誌では大江戸線特集がはやった。目立つネーミングとはいえるだろう。しかしそのすべてが「おいら江戸っ子でえ」というようなレトロ乗りで、江戸からの老舗や祭りや社寺や路地づくしなのが、大江戸線が通っている若松河田や代々木や光が丘の住民の側から考えれば腑に落ちないのであった。

もう一つ気になるのは、大江戸線を中心に展開されているパブリック・アートなるものである。私はパブリック・アートのすべてを否定するわけではないが、地下鉄という閉鎖空間で、赤や緑の妙な物体を見せつけられるのにはうんざりだ。目の逃げ場がないのだから。

パブリック・アート（公共芸術）とは何だろう。いやパブリックを「公共」と訳さず、みんなの、と訳すべきかもしれない。王侯貴族や富豪の私的な楽しみであった芸術作品を「みんなが見られる」ものとした。入館料を払って入る美術館からも開放し、町の中に出現させた。

町どころか村にもアートは出現する。私は昨年、新潟の六つの市町村を広大な会場として開かれた「妻有《つまり》――大地の芸術祭」なるものを見にいって非常に楽しんだ。

マリーナ・アブラモヴィッチ「夢の家」やタデウス・ミスロウスキーの夜のローソクの造形、逢坂卓郎の「日毎の月を見るルナ・プロジェクト」はじめ、想像力をかきたてる印象的ないくつもの作品があった。畑に白い衣服がはためいているクリスチャン・ボルタンスキーの作品や、栗村江利の池の近くの芝のしとね、はじめ、思わず笑える作品も多かった。一方、クリス・マシューズのアルミ製のかかしやダニエル・ビュレンの商店街にならびくストライプの旗は、村並みや町並みに負けていた気がする。

いずれにせよ、彼らアーティストは村に入り、ときにそこに暮らしながら、土地の文脈を読みとり、地霊と対話しながら作品を制作した。それが自然や人と調和する場合も、対立し、わざと違和を持ち込む場合もあった。作品への評価は都会から行った評論家や現代美術好きと、村の人ではまたちがっただろう。現代美術がよくわからないためにかえって威嚇的に用いられる「国際的に活躍するアーティスト」という表現や受賞歴はここでは無化され、何とも風通しがよかった。

しかし、都心の地下鉄のパブリック・アートはこうした丁寧な関係の上に展示されてはいない。

目的地へと向うために、やむをえず用い、あるいは乗り換えなければならない駅。放送、「環境音楽」、雑踏の空気の濁った地下道、その狭くるしい空間でこれ以上、アートまで押しつけられなければいけないのか。そう思うのは自分の余裕のなさかもしれないけれど。

都営三田線の日比谷からJR有楽町駅方向へも、目のちかちかしそうな化学式みたいな球体がいっぱい描いてある。アートか広告かわからないけれど。このため、駅で一番大切なサインが見えない。どころか、地下鉄のホームには他の地下鉄線への乗りつぎ方向は示してあるが、JR有楽町駅はこちら、というサインがない。

羽田へ行くときは日比谷駅から有楽町まで歩き、浜松町へ出て、モノレールに乗るのが一番早い。そういう乗りつぎをする人は多いはずなのだから、妙なパブリック・アートを見せるよりは正確で必要な方向指示をしてほしい。

最近、三田線と南北線がなんと目黒で合流し、東急目黒線で武蔵小杉までのびてしまった。奥沢や田園調布、いままで二度は乗りかえないと行けなかった所まで、直通で行くことができる。

しかし、慣れないとまちがいをおかす。一度は白金高輪と白金台をまちがって降りた。もう一つ、高輪台という駅もあるのである。まちがったおかげで、八芳園だの父の母校白金小学校などを見ることができたけれど。

大江戸線も上野御《お》徒町《かちまち》と新御徒町があってまぎらわしい。新御徒町のホームには、「アメ横や多慶屋へはこの駅ではありません。隣の上野御徒町でお降り下さい」と貼り紙がある。どうして小島とか三筋とかいい地名があるのに、こんな駅名をつけたのだろう。のみならず、日比谷線に仲御徒町、ＪＲに御徒町があり、これではとうてい上京者などには区別がつかないだろう。

憤懣がむやみと地下鉄に向うとは、なんと平和な、ゼイタクな私なのか。前に地下鉄が自動改札になったときも、すごくこわくて、文句をいいたてたものだった。するとシャンソン歌手の友だちが、あなた、「地下鉄の切符切り」って歌を知らないの。「朝から晩まで切符切り切符切り切符切り……」と口ずさんでくれた。たしかに地下の空気の悪いところで機械でできる労働を人間に一日させておきたいというのは、利用者のワガママかもしれない。それから、私は地下鉄で働く人にやたら興味が湧き、乗客同様、緑の制服の人たちをいつも目で追っている。

はじめてのニューヨーク

アメリカへ急に行くことになった。

知人の世古一穂さんがＮＰＯの評価システムの調査にオブザーバーで参加しないかという。これに乗らなければ、今後まずアメリカへ行くことなどないだろう。

五月十八日、デルタ航空でニューヨーク、ＪＦＫ空港へ。午後三時すぎに出て、日付変更線を通過し、その日の同じころに着いてしまうなんて得をした気分だが、きっと帰りに損をするにちがいない。タクシー乗場にトランクを持って待つのは背の高い白人ばかりである。ポーターや駐車場整理係やタクシー運転手は黒人ばかりだ。その異様さがまず目につく。

荷を解いたマンハッタン島のホリデイイン・ブロードウェイはこのホテルチェーンにしてはクラシックな建物で気に入った。日本時間でいうともう明け方で眠いが、とりあえず街を見てこよう。

地上げにあった根津の商店主は「ぼくら原住民はマンハッタンを追い出されたインディアンと同じ」といっていたんだから。どんなところなのか。

「マンハッタンは一六〇九年に、オランダ東インド会社の代表として『北回りでインドへ向かう新航路の開拓』を目指すヘンリー・ハドソンによって発見された」（レム・コールワース『錯乱のニューヨーク』）

なるほどハドソン川ね。発見たって、もう人が前に住んでんだけどね。

「四年後、マンハッタンには四軒の家（つまり西洋人にとって家と見えるもの）がインディアンの掘っ立て小屋のあいだに建っている」（同上）

それからほぼ四百年。マンハッタンといえば摩天楼、スカイスクレーパーという単語は中学一年の教科書で教わった。

ホテルは西三二丁目と六番街の交差点にあった。近くにエンパイア・ステート・ビルがあるはずだ、と地図を片手にフィフス・アヴェニューに出た。これが名高い五番街か。日本でいえば銀座か。そのわりに静かでさっぱりした通り、車も少ない。

エンパイア・ステートはどこですか、と聞くとすぐ前のビルを指さす。なに、ただの四角い商業ビルじゃないか。ぐるりと回るとたしかにそのビルの名が。そうか、足元からはとうていてっぺんの尖頭部分は見えないのである。上まで上ってマンハッタンを俯瞰してみたかったが、三十四ドル（三千七百円！）もかかるというのでやめた。

五番街に沿って歩く。マンハッタンは碁盤の目状（グリッド）になっている。一八〇七年、デウィット、モリス、ラザフォードらデザイナーが委員会を組織、南北に走る十二本のアヴェニュー（街）と東西に走る百五十五本のストリート（丁目）を作ることを提案した。一本だけ斜めにブロードウェイが走る。京都と同じでたしかに分かりやすい。四条烏丸といえばタテヨコで場所が確定される。アヴェニューを一ブロック歩くと次のストリートが現われ、左右整然たるビル街が見渡せる。

なんでこんなにスッキリしているのか。第一に電線や電柱がないからだ。すべて地下埋設しているのだろう。第二にすべて面《つら》イチ、ファサード（前面）が揃っているからだ。日本の町は前面に駐車場をとり、オフィス街では公開空地をとるので前面が揃わなくなってしまう。第三に看板を規制し、その色を統一しデザインもすっきりしているからだ。

右にグランド・セントラル駅が見える。左にニューヨーク市立図書館、ロックフェラー・センター、また右にセント・パシフィック教会、そしてタイの舞踊の冠のように輝くクライスラー・ビル。トランプ・タワー。それぞれのビルは雑誌やテレビで見馴れているが、なるほどこういう位置関係に建っており、ここからはこう見えるのか、と分かることが面白い。全体が舌の先みたいな形のマンハッタン島はつけ根の方へいくに従い、なだらかなスロープを上る感じで、アッパー、ロウアーという表現がうなずける。

かの有名なカーネギー・ホールを見、ナナメ前にハードロック・カフェがあることを確かめ、セントラル・パーク沿いのプラザ・ホテルに到着。たくさんの要人が泊まり、小説や映画の舞台になったこの歴史的ホテルの中には長いドレスの女性がうろうろしていた。午後のお茶の時間は残念ながら終りなので、中を見ただけで満足し、帰りは六番街を戻る。だんだん足がニューヨークに馴れてゆく。

夜は世古さん親娘とグランド・セントラル駅の地下レストランに生ガキを食べにいった。列柱のついた壮麗な駅で、コンコースの天井は星座模様である。もう一つの歴史的なペンシルヴァニア駅を壊して変哲もないビルにしてしまい、そのとき市民は恐ろしい衝撃を受け、グランド・セントラルの方は市民運動が実って残った、と聞く。それにしても皆さんよく召し上る。山もりのポテトチップス、Tボーンステーキをペロリと平げたあとに、日本の三倍くらいの大きさのチョコレートケーキ。

土曜の朝はベーグルを。これも大きくて三人で一個で十分みたいだ。あとフルーツとカプチーノ。それからイースト・リバーの方へ歩き、国連ビルを見る。その前の壁に国連憲章が刻んであった。階段を上ると、そこはチューダー・シティというナショナル・レジスター（日本でいえば国の登録文化財）に載っている歴史的街区である。英国風のアパートの間にある大きな樹のある公園はコモン・ガーデンといって、みんなで手入れしている庭だ。

今日はまさしく、「花の多い夏のために」と題して近所のお年寄りたちが孫をつれて、土づくり、種植えをしているところだった。公園の公とは「役所が管理する」のでなく「パブリック（みんな）で大事にする」ということらしい。公の概念が大きくちがう。その公園をつくるきっかけになった人の記念碑が建ち、おいてあるベンチには寄付者のプレートが貼ってある。

お手洗いを借りるついでに、オーガニック・フードばかりのストアに入った。アメリカには日本をはるかに超えて、肥満した人が目につく。しかし金持ちで知識層であるほど、スポーツ、ダイエット、食事制限などで体をスリムにし、体によい食物を求めている、とは聞いていたが、これだけオーガニック食品、シューガーフリーの食物ばかり並ぶと壮観。

地下鉄で川を渡り、こんどはブルックリンに行ってみる。駅を出たフルトン・ストリートは黒人ばかりだ。キャロル・ガーデンという道に出ると西側、開拓時代のようなかわいい店が並び、犬を連れた半ズボンのカップルが目立つ。ブルックリンはもともと高級住宅街だったが、黒人たちが入ってきてスラム化し、もといた白人がいったん放棄した。そこを再び改善し活性化する運動が起こり、いま町はまた治安もよくなり、多民族が共存して賑わっている。

クレープ・ファクトリーという店でおいしいそば粉のクレープとレモネードを飲む。そのガラス壜のようなグラスがかわいいので、世古さんが譲ってくれ、というと、遠くから来たのだからと、三人にタダでくれた。申し訳ない。

次にまた地下鉄でチャイナ・タウンへ。地下から上るとまるで中国の町並み。漢字の看板が氾濫し、カモをあぶって吊し売り、露天で果物を売り、すごい人混みである。そこを抜けてリトル・イタリーへ入ると、こんどは赤白緑の三色旗がいっぱい飾られ、パスタとピザの店ばかりになる。中国人のパワーにイタリアは敗色濃いが、なるほど人種のモザイクとはこういうことか。

さらに七、八〇年代ニューヨークのアートの現場だったソーホーへ。映画「ティファニーで朝食を」に出てきたような鉄の階段が前面にとりつけられている古いビルが多い。ここも歴史地区に指定されている。東京なんかじゃ保存は無理だよ、と年中いわれつけている。国の重要伝統的建造物群保存地区（いわゆる伝建）も東京には一ヶ所もない。しかしニューヨークじゃこんなにたくさん残ってるじゃないか。マンハッタンでは保存は無理だよ、とはいわれないのだろうか。

エンパイア・ステート・ビルが一九三一年、これに世界一の高さを追い抜かれたクライスラー・ビルが一九三〇年、装飾の多い超高層ビルが建っているのはある種不思議な眺めではあるが、つねに発展し変貌する演劇都市であるニューヨークが、これだけ当り前のように古いビルを残していることに驚かされた。

ソーホーは倉庫を改造してアーティストたちがロフトをつくり、芸術家村になったらしいが、地価が上って住めなくなり、今はむしろギャラリーやブランドショップが目立つ。その隣りのグリニッジ・ビレッジは低層のかわいらしい町、ニューヨークで住むとしたらここがいい。小さなエスニック料理店がある。路上ではグリニッジ・ビレッジの町の歴史を映画にするカンパを募っていた。夜はブロードウェイで「ライオン・キング」。

帰りにホテルの裏のコリアン街で、豚肉やタンを塩ゆでにしてネギで食べる前菜と、白濁したスープのソロンタンを食べる。おいしい。

三日目。西六〇丁目辺りに行って、野外のカフェでブランチをとった。朝食兼昼食である。カップルがそれぞれ分厚い『ニューヨーク・タイムズ』を読み、話もしないでコーヒーを飲んでいる。ベージュの粋なセーター姿の男性が、後から来た真っ白なブラウスに金のペンダントの美しい妻にキスし、小さな娘のために椅子をひいてやっている。犬をつれてきた老夫婦も。雑誌のグラビアから出てきたような人びと。

オノ・ヨーコとジョン・レノンが住んでいた七二丁目のダコタ・ハウスもそういうアッパーミドルの代表みたいなアパートで、お上りさんよろしく記念撮影。ロッカーの甥に自慢するつもり。

セントラル・パークを横切ろうとすると騒がしい。日曜日でエイズ・ウォークのイベントが行なわれ、その人の波だ。私たちも知らないうちに混ざってさらわれてしまい、終着点では拍手をもって迎えられ、ワッペンをはってもらい、Tシャツと山ほどコンドームを貰う。これは笑えるお土産だ。誰にあげようか。たくさんのボランティア、笑顔の参加者。抗議や暗い顔にならないところが好ましく思えた。

池や森をすぎるとメトロポリタン美術館。最近とみに巨大美術館は敬遠気味なので、入る気もなかったが、入れるどころじゃない。ジャクリーン・ケネディの回顧展が人の波である。フランク・ロイド・ライト設計のカタツムリ建築グッゲンハイム美術館には入ってみた。「ペギー」というここの創立者の女性の伝記も面白かったし。今はフランク・ゲイリーという建築家の展覧会。よくも一人の人がこんなにたくさん作るものだと思うが作風は面白い。直線からしだいに斜線が、曲線が多用されていき、最後はケーキの上の削りチョコレートみたいに波打つ建物になる。

足はまったく疲れを知らない。昨日見残したチェルシーの骨董街を歩き、夕方に遅い昼食を食べるとそろそろ暗い。帰り、エンパイア・ステート・ビルの上の方がたなびく雲の絶え間に見えた。

ニューヨーク、そう嫌いじゃない。

NPOの自己評価

ニューヨークには遊びにいったのではなく、NPO（非営利組織）の評価システム研究会の調査に自費でくっついていったのである。

私たちが十七年、地域出版社を経営して困ったのは、たえず町の人たちから「仕事なの、ボランティアなの」「もうけるつもり、ただ働き?」と二者択一的に問われてきたことだ。もちろん聞く側には、「町の仕事なんだから奉仕だろ。俺たちだってずっと、町会や商店街の仕事を無料奉仕でやってきたんだ」という前提がある。

しかし、たとえば地域医療に尽くす町医者や、町のもめ事を収める弁護士は奉仕なはずがない。それでも「安くやってくれるのがいい先生」という発想は根づよい。アイデアなどソフトについてはもっときちんとお金を払う習慣がない。

私たち地域雑誌を発行する地域出版社も、奉仕で、もし販売収益がなければとっくにつぶれていただろう。売り上げから事務所を構え、取材、印刷の経費を引いた残りを、スタッフで分配した。多少の収益があるから市民運動につぎ込めた。それだって「もうかっているらしい」という無責任な〝隣の芝生〟的な噂をたてられたりした。

町の歴史を掘り起こし記録した雑誌を売るだけではない。町に関するあらゆる問い合せに答え、見学者のガイドとなり、無料のイベントをかずかず催し、環境を保全し、町への愛着を育て、町のPRに役立っても、これにはすべて収益を伴わないが、まず私たちに寄付しよう、という人はいない。これをコンサルタントや宣伝会社に頼んだら、いくらかかるかわかったものではない。一方、私たちがこんなレベルで活動していてはスタッフも居つかず、発展性がない。

しかしこのところNPOという考え方が入ってきて、かなり認知され、NPO法も市民の働きかけにより、議会を通過してかなり活動を説明しやすくなった。要するに、社会貢献のできる利潤を追求しない組織であり、その活動をやりやすくしようというのである。株式会社のように働かない株主に配当などしないが、実際働いているスタッフには報酬を出してよい。

私たちが始めたころ、まだNPO法はなく、任意団体では仕事の上での信用が得られにくいので、やむなく有限会社とした。いまも形はそのままだが、実態として非営利もいいところで、NPO法人として国家から認証を受けるかどうか、検討中である。それでNPO先進国アメリカに経営や評価のシステムを学びにきたのだった。

正式詳細な報告は「評価システム研究会」（世古一穂代表）がするだろう。これはあくまで私の旅日記というか感想である。

まず、NPOにイノベーション・アワード（経営改善にもっとも効果をあげたNPOに贈られる賞）を出しているドラッカー財団を訪ねた。アメリカではNPOセクターは、官（行政組織）と民（企業）の間に公（パブリック・セクター）という広い活動の場をつくり出した。〝経営の神様〟といわれるピーター・ドラッカーは、財団をつくってこのNPOの経営改善を支援している。

ニューヨークのすばらしいオフィスで、壁ぎわにはセルフサービスのコーヒーや軽食がおかれ、分厚い説明資料が各人に渡された。この「迎える万全の体制」にはそれからも驚かされつづけた。「情報をシェアしましょう」「私たちのやってることを知ってもらいたい。あなた方の活動も知って参考にしたい」という前向きの姿勢に、つね日頃、来訪者に対し「忙しい」の理由で無愛想な応待をしている自分を反省させられた。

「NPOは人びとが集まっていいことをするだけでなく、何人の人がかかわり、何をしたか、結果《アウトカム》を見なくてはいけない。それが社会にどのような変革をもたらしたか。かかげた目標《ミッション》に沿った行動をしたか、それが社会にどのような変革をもたらしたか、顧客《カスタマー》は誰か、それをつねに明確にし、計測《メジャメント》することが大事だ」「NPOは自分たちを過小に評価しすぎる嫌いがある。企業とNPOが組むときは、企業の風下につかず、いかに対等《イコールパートナー》に組むか、が不可欠だ」

そんな言葉が印象に残る。

午後に訪ねた「レインフォレスト・アライアンス」はドラッカー財団のイノベーション・アワードの昨年の受賞団体で、主に中南米の熱帯雨林の保全をしている。午前のオフィスに比べ、古いビルで、備品も一見してリサイクル。私たちにも水しか出ないが、この質実さにむしろホッとする。熱帯雨林を守るため、バナナの生産方法を変え、サトウキビやココナツもより安全な生産規準をつくり、フェア・トレードをすすめるほか、農場の労働条件や環境基準もどんどんNPOがつくって独自に認証していく。「プロジェクト自体にお金を使いたいので、オフィスはこの調子だし、広報活動もあまりしないわ」と金髪のスラリとしたディレクターはいった。

翌日、「ユナイテッド・ウェイ」では、時間がもったいないから朝も昼もうちで食べて下さい、とのことだった。日本でいうと赤い羽根の共同募金というところか、全米一の大きな基金をもっている。

一九〇〇年に全米の支部を調整するために設立され、各コミュニティ独自の活動を支援している。長い討論の末、「成果を直視し評価《エバリュエーション》すること。それは最初痛みをもたらすが、最後は結局利益をもたらす」というのが結論だった。アメリカにはじっさいに現場で活動するNPOだけでなく、NPOの経営や法律、財務を見る支援NPO、いわゆる中間組織《インターミディアリ》のNPOやコンサルタントも多くいて、それが専門性のある就職口としても人気があり、一つの成功のコースとなっている。

ここで出会った女性たちは明らかにエリートだった。細身の体を趣味のよい黒いビジネススーツにつつみ、短時間により多くクリアーに説明しようと機関銃のようにしゃべる。相手が日本人でも容赦はしない。多くが少なくともMBA（経営学修士）レベルをもち、より良い、報酬の高いポストがあれば、どんどん移っていく。

「そんなにしょっちゅう仕事を変わってすぐ仕事が覚えられ、成果が上りますか」と聞くと、「効果的に引きつぎを行なえば大丈夫です。同じところに長く働く停滞と無気力に比べると、新しい仕事はいつもやりがいがあります」とのこと。

日本では「継続は力なり」「この道一筋」が称揚されるというのに。十七年も同じ雑誌をやっている私はどうなるのか、停滞なのかもしれない。

彼らはニコニコと前向きである。同僚の有能さをたたえ、理事長はスタッフを紹介するのに、「私の椅子をねらっているマイクです」と冗談をいう。

効果《エフィシエンシー》、成果《アウトカム》、計測《メジャメント》、競争《コンペティション》、改革《イノベーション》、資金調達《ファンド・レイズ》、力量形成《キャパシティビルディング》、そんな言葉が何度となくとびかう。「私たちは毎日一五〇人のホームレスに部屋を提供し、のべ一万人のボランティアが関わっています」「私たちのNPOは娼婦を七〇〇人更生させました」。あまりに前向きな成果を聞いていると、「もしかして一日だけ更生したんじゃないの」なんて不貞腐れをいいたくなる。ポジティブ病というのか、こんなにいつも明るく前向きでいなくちゃいけない社会はちょっと疲れてしまう。

たしかに、いままでの日本でよしとされる、やりたい人がこの指とまれで集まってワイワイやろう式NPOの活動限界はあるのだろう。アメリカではむしろミッション（目標）をはっきりさせ、それを達成できる人材を集めようとする。日本では私たちを含め、ほんのささやかな活動がさも大したことのように宣伝される。一方、日本ですでに認証を受けたNPOの中にも、単に行政の下請けにすぎなかったり、コンサルタントの隠れみの、タレントの売名と思えるものも含め、動機が不純なものもないとはいえない。代表になりたいとか、助成金が欲しいだけの人もNPOをつくろうとする。

そのため、日本では「NPO」という言葉が輸入されてから間もないのに、すでに不信や拒否感をずいぶん聞かされてきた。それに対しまともなNPO、動機が純粋で、多くの人に支えられ、会計も明朗な、しかも社会の役に立つ、力のあるＮＰＯをつくりたいと思って学びにきたのである。

ニューヨークからワシントンへのシャトル便は、台風でなかなか飛ばなかった。やっと飛んだものの、一度フィラデルフィア空港に着陸し、ワシントンに着いたのは午後十一時。

翌日、『ワシントン・ポスト』紙が、ワシントンＤＣ周辺の五千の団体の中でマネジメントの改善にもっとも成果をあげたＮＰＯに与える賞の授賞式を見にいった。多くの中から選ばれた五つのＮＰＯが活動紹介をし、結局、「ミリアムズ・キッチン」という、毎朝、一五〇人の路上生活者に温かい食事を配っているＮＰＯが受賞した。

翌朝、この活動を見にいく。いり卵を作ったり、野菜をトレイによそったり、手伝いもした。トレイを貰いに並ぶ中には、なんで並ぶの、といいたくなる背広姿の紳士や、さっぱりした感じのアジア系の人びともいた。ここのディレクターとソーシャルワーカーは五万ドル近い報酬を得ている。理事長は、「これは他の仕事とくらべても競争力がある」といった。たしかに、社会の役に立ち、面白い仕事で年間日本円で六百万というのは、能力の高い人間を十分ＮＰＯに呼び込めるだろう。チャーミングな女性の理事長はまだ三十代、公認会計士の仕事をしながらこのＮＰＯに関わっているが、彼女は理事であって無給である。

さらに家族計画と貧しい人びとの支援をしている「コミュニティ・ファミリー・ライフ・サービス」を訪ねる。ここは教会が根城だが、木のドアにブルーの枠の品のいいインテリアだった。住宅を百軒管理して家のない人に貸したり、貧しい人々に洋服や食品を提供したり、貧困地区の子どもたちの放課後の勉強をみたり、キャンプに連れていったりと、実に多彩な活動をしている。こうした事業のために基金を集める係の女性は「年間一二〇万ドルが私のノルマ。ちょっとプレッシャーね。一つのところに偏らないことも大事です。他に寄付してるからごめんなさい、といわれるとつらいわ」といった。ピンクのTシャツ、清潔なジーンズに金髪がよく似合った。

開発ディレクターの男性は、「余裕のある人にお金をくれる機会を与えてあげるのが僕らの仕事。それとボランティアが来たけどすることがない、というのは一番悪い。いつも仕事を用意して、意義深い経験をしたと思ってもらわないと」

発想からしてずいぶんちがうのである。

インターミディアリ（中間的な支援NPO）の理論家でなく、こうした現場の人びとに会うとホッとする。

この団体は近所で、貧しい人びとを雇用してコミュニティ・レストランもやっている。

時給七百円、レモネードとターキーサンドがおいしかった。

最後に「ナショナル・ネットワーク・フォー・ユース」のオフィスを訪ねた。ここは若い人びとをホームレス、非行、麻薬、虐待から救うために設立された。一番の特徴は十代の参加を促し、理事の三分の一はつねに十代ということ。「大人の理事の使命は若い人の邪魔をせず、支えることです」という。

中には九歳でＮＰＯの理事をつとめる子や、少年院を出たらここの理事になるのを目標にしている子もいると聞いた。ほとんど社会参加の場がなく、公園やコンビニにたむろするだけで警察に通報されている自分の町の子どもたちを思い出して、切なくなった。

沖縄愛楽園をたずねて

樋口一葉の日記に次のような一文がある。

「桜木丁より使来り、幸作死亡の報あり。母君驚愕、直《ただち》に参らる。から（骸）はその日寺に送りて、日ぐらしの烟をたちのぼらせぬ。浅ましき終を、ちかき人にみる。我身の宿世もそゞろにかなし」（明治二十七年七月一日）

樋口幸作は一葉の従兄、父則義の弟喜作の子である。この日記を解釈して和田芳恵は幸作が「幸作の従妹というだけで将来の望みをもつことができない種類の病気」、ハンセン病であったとしている。一葉一家は故郷山梨とほとんどかかわりをもたなかったが、「そういう隔った生活をしていても、血縁であったから、幸作の病気は、一葉一家にとって重大な問題になった。癩病は遺伝ではなく、伝染病であることは、近代医学で決定されているが、しかし、長いあいだ、遺伝性と言われてきたために、理屈ではわかっても、感情的には、すっきりした観念になっていないようだ」(『一葉の日記』)

和田は一葉と親しかった人に聞き、故郷を調査して、そこに残るいい伝えから、この結論を引き出した。和田にはこの病気が遺伝でなく、伝染病であることは少なくとも認識されていた。しかし、「業病」「こういうことを知ったことを苦痛に感じた」という表現を用いている。さらにそうした従兄を持ったことが、一葉が悩み苦しみ、すぐれた小説を書いた根源であると重要視している。この本は昭和三十一年に筑摩書房から出版され、日本芸術院賞を受けた。生涯に何冊も一葉について書きつづけた人の言葉として影響が大きい。

一方、これの文庫本に補注をつけた野口碩氏は、丸茂病院長丸木文良から妻で医師のむね子、丸茂・一葉両方の知人であった穴沢清次郎へと軽々しく病名が伝わるとは思えない、と疑問を呈している。

「ただ、幸作が皮膚科の病気を負っていたことは考えられるかも知れない」「問題は幸作の死因であるが、少くとも癩病のためではない。ハンゼン氏病は容易に命を奪う病気ではないからである」(昭和六十一年、福武文庫版)

と正確に補って下さっている。さらに平成八年版の『樋口一葉事典』(おうふう)では、野口氏は樋口幸作の項で「一部の証言者の口からハンセン氏病をにおわす幸作のあだ名の話が出たことから、不幸な論議に発展した」としている。丸茂病院はハンセン病治療院ではないこと、「幸作が人目に恥じない生活に戻ることを願っての頑癬又はそれに近い皮膚病の治療、もしくは整形治療であったと考えられる」とほぼ和田説を否定している。

たまたま一葉の従兄であっただけの人の病名をあげつらうのは私としても苦痛である。とはいえ、この件は長く一葉理解の重いしこりとなっているから、避けては通れない気がする。野口氏は「死因が病死でなかった可能性もある」という。外見を気にした幸作が自殺した可能性がある、ということか。それが一葉のいう「浅ましき終」の内容なのかもしれない。いずれにせよ、文学研究もその時代の医学的成果や社会的偏見を逃れることはできない。このことに『一葉の四季』（岩波新書）で一行ばかりしか触れなかったことがずっと気にかかっていた。

四月、沖縄の息子のもとへ旅した。牧場で馬の世話をしている息子の邪魔にならぬよう、私はふたたび知花昌一氏の経営する民宿〝ぬーがやー〟に泊まることにした。

その三線《さんしん》とお酒の楽しい夜に、宿泊者の一人があす名護の愛楽園を訪ねるといい、すると知花夫人が「森さんもこれ読んでね」と「ハンセン病を正しく理解するために」（国立療養所邑久光明園）というパンフレットと「ハンセン病回復者手記」（沖縄楓の友の会編）を下さった。

私は自分の部屋に戻って読みはじめた。読み出すと止まらなかった。そこには自分の知りたいと思っていたことが簡潔に書いてあった。いままで知らなかったことが恥ずかしかった。知ろうとする努力をしなかったことも。

・ハンセン病は〝らい菌〟によってひき起こされる慢性の感染症である。
・かつては治療薬がなく、病気の進行がくいとめられず、菌によって神経がおかされる結果、顔や手足に強い変形がおき、一見してこの病気と分かるようになるため、差別と偏見がつみ重ねられた。
・現在は医学の進歩により、プロミンをはじめとして良い治療薬が開発され、早期に発見され治療されれば、後遺症も残さず治る病気である。
・母子感染するため遺伝病とまちがわれたが、それは乳幼児期は免疫システムが未熟で、らい菌への抵抗力がないからである。
・〝らい菌〟は培養もできにくいほどたいへん弱い菌で、免疫システムが完成される十五歳以上ではまずうつらない。夫婦間でもうつらない。
・一九〇七（明治四十）年、日本は「癩予防に関する件」という法律を制定し、患者を隔離した。強制的隔離は「強い伝染力をもつ恐しい病気」というあやまったイメージを与え、今日まで隔離政策はとられつづけている。

・現在新しくみつかった患者にリファンピレンなどの薬を一日投ずると患者の皮膚や鼻汁から排出される菌は感染力を持たない。すなわち日本には感染源となる患者はいない。

・一九九八年の新患発生は日本では二人、日本でのハンセン病はほぼ終息したと見てよいが、隔離政策による国立私立計十五の療養所でいまも生活しているのは四七〇〇人。ほとんどは病気が完治しているが、後遺症や生活習慣病、また平均七十三歳という高齢集団であるため、社会復帰はなかなかむずかしい。

翌日、私はその、僧侶で、長く療養者と交流している方にお願いして、沖縄愛楽園に連れていっていただくことにした。所内に知り合いでもなければ、一人で訪問できにくいことは分かっていた。

海に沿って車はひた走り、療養所も海辺にあった。所内は整然と静かで、花が咲き乱れている。隔離されて職業を持てない療養者は自宅前の庭づくりに精力を注いでおられるようだった。

知り合いの方の家にお邪魔した。家は開放的なつくりで、玄関はなく、庭先から入るようになっている。明るい二間がきちんと片付き、その向うに台所やお手洗いがあった。

言葉少なのご主人は終戦のとき六歳、戦火に追われて逃げまどううち、ふとふり返ると親兄弟がいなかった。一瞬のうちに爆死してしまった。それから孤児として食べるものもなく不衛生な環境を転々として発病したということだった。いまは同じく回復者の奥さんと暮らしている。

このように沖縄では戦禍とハンセン病が分かちがたく結び付いている。いまでもインドでは毎年五十二万人もハンセン病の新患が発生しているという。そのほか多いのはブラジル、インドネシア、マダガスカル、バングラディシュ、ミャンマー、ネパール、ナイジェリア。富の不均衡による南北問題が根深いものとしてある。

そこに知り合いのご夫婦が外から来られた。奥さんの方が園を出た元患者さんで、この方は問題意識をつよく持ち活動もしておられる方で、話し好きだった。

「私はここに来ると蝶になるの。わかる？　外の社会にいるといつもおびえて、世間を気にして暮らしているのよ」

終戦のとき五歳、浮浪児のような暮らしだったので、療養施設に保護されたときはむしろホッとした。

「でも少女寮から乙女寮へ、ものを考えるようになると、だんだん心が重くなる。ここで一生を終わるのか、出たい。自殺していく人がうらやましかった。自殺する勇気がないから生き残った人は多いのよ」

幸い回復証明をもらい社会に出たが、その後も自分の前歴を知っている人に会わないかとおびえ、逃亡者のように暮らした。

「一番人の多いところならまぎれるかと繁華街で勤めたら、知ってる夫婦が入ってきた。すぐ店はやめたの。化粧すれば私と分からないかと酒場で働くようになって、客で来たのがこの人なの」

旦那さんは健常者。そして子どもが生まれたが、病歴を告白したのはずっとあとのこと。

「告げたら別れるといいだされるかと覚悟した。あのときは心臓がバクバクしたわ」

そんなことには動じなかった旦那さんがいう。

「回復者は体の傷より心の傷の方が重いんです。天刑だ遺伝だと家族まで差別される。その家族にすら迷惑だから近寄らないでくれ、と切り捨てられる。これもすべて国がハンセン病の正しい知識の啓蒙啓発を怠ってきたからです」

昼になり、私たちはお好み焼きのヒラヤーチをつくり、漬物をつつきあって食べた。おいしい沖縄そばも出前でとって下さった。

「こんど来るときはここに泊まって下さいね」。奥さんの言葉がうれしかった。

それからほどなく五月、熊本地裁で、ハンセン病国家賠償訴訟で原告の訴えが全面的に認められ、元患者への補償金支給法が成立した。せきを切ったように、記事や番組があふれ、「正しい知識」は社会のものになりつつある。いや、どれほどの人が本気でこうした事実や歴史を消化したかはまだわからない。

隔離病棟は海の間際にあって
潮が満ちてくると
波は堤防の石垣をたたいた
回生の初心とは裏腹に
失ったものばかりかぞえてきたような気がする
我が意を得るというときは
なお貧しい

眠れない夜も
波は岸を打ちつづけた
越えられぬ過去は

越えられぬことにおいて私なのだ

島田等「岸打つ波」(『次の冬』論楽社刊所収)

一九四一年、岡山の長島愛生園に強制収容され、一九九五年に亡くなった島田等さんの詩を、いつか少しは深く理解できるようになるだろうか。

京都岩倉論楽社にて

春、私は大阪の街を歩いてヘトヘトに疲れ、京都の北の静かな町に住む友だちに電話をかけた。虫賀宗博さんと上島《うえしま》聖好さん（知りあった順）。二人ともひとつ年下の一九五五年生れ、虫賀さんは某大新聞社に勤めるがここではジャーナリストたりえず、と辞め、一九八〇年から大学の同級生だった上島さんと二人で岩倉の農家の別棟を借り、子どもたちのたまり場をつくった。そこがいま社会の問題を学ぶ大人のたまり場、交流の場にもなっている。

「ようこそ、ようこそ。来て」と受話器の向うにいつものようにゆったりした上島さんの声が聞こえた。私はほっとして、叡山電鉄で岩倉に向った。ガラスの多い展望列車から、群青の空に桜の花が白く浮かんで見えた。

岩倉の駅からリュックをしょっていくと懐かしい顔が見えた。「かわいそうに、こんなに疲れて。ひとの話聞いてみんなが出した毒素を吸ってるんやね」、そののどかな声を聞いたとたん、体がやわらかくほどけていくのを感じた。

虫賀さんは座敷で近所の子どもに勉強を教えている。その間、上島さんと京の町家の土間で薬草茶を飲み、話をする。小さなテーブルに丸椅子、大きなかまどと流し、ここがみんなのたまり場。

「ヒロシ君どうしてる」と十年近く前に連れていった末っ子を覚えていてくれた。うーん、学校に行くと退屈でイライラするらしくて。「きっと小さい、合わない服着てるみたいな感じなんだわ」。どうしても馬と暮らしたいって沖縄へ行っちゃった。「それは熱望する状態から実践する状態へ跳躍したわけだね」

いつも手相を見てもらっている感じだ。こちらの状態を話す。すると的確なメタファーがこだまする。「いいじゃない。人間は夢を盛る器なんだから」

にんげんはゆめをもるうつわ。なんてきれいな深い言葉だろう。涙が出て、うれしくなってきた。二人から、長島愛生園のこと、そこで亡くなった島田等さんのこと、水俣の漁師、緒方正人さんのこと、いろいろ聞いて、元気をとり戻す。

「こんど八月に中村哲さんてお医者さんが来てくれる。この人は九州の人だけどアフガニスタンとパキスタンの国境でハンセン病やマラリアの治療をしてるすごい人だよ」

虫賀さんの誘いに私もまた、なんとかして来る、といった。菜の花の咲く道からバスに乗り、いつまでも手を振る二人を見ていた。

八月。私はまたまた岩倉までやってきた。早く着きすぎたので二階で昼寝する。窓の向うの松林から風が吹いてくる。階下でバザーや本を並べ準備をしている声がさわさわと聞こえる。こうやって、小さな集会のささやかな会費と手作りの小物や不用本、プラムや野菜を売ることで、この場は維持されている。虫賀さんは谷川雁さんにいわれたそうだ。

「いいか、きみ、食えなくなったら、森林組合とかで働きなさい。汗を流しなさい。そういう姿を地域の人たちは、じっと見ているぞ」

一九八〇年に開かれた論楽社を地域の人はじっと見ている。酒屋さんで道を聞いたときの対応。この広い町家を数万で貸してくれている大家さんの笑顔。論楽社がどう地域に思われているかを、私はそうっと推し測る。

三十人ほどの人が集まり、定刻ぎりぎりに中村哲さんが現われた。小柄だが、ひげを生やして不羈である。最近、こんな顔をした男の人は日本で見ないなあ。律義に膝を折り畳んだ姿を見て、なぜか岡倉天心を思い出す。

中村さんがペシャワールに診療所を建てたのは旧ソ連軍がアフガニスタンに侵攻した五

年後の一九八四年だった。ちょうど私が地域雑誌をはじめた年。十七年間、中村さんは風のようにアジアを走り回り、私は土地にしがみついて町を掘りつづけていたのか。仕事の大変さは分かるが、ちょっとウラヤマシイ。

もともと大学の山岳部でカラコルム遠征隊に加わり、その美しい自然に魅せられた。しかしそこはマラリア、赤痢、結核、コレラが流行する土地で、三万人といわれるハンセン病患者がいた。ことにイスラム教圏のため、女性が診察を受ける機会がなく、発見が遅れるという。登山のときはそうした状況に手も足も出なかった。そこでPLS（ペシャワール・レプロシー・サービス）という病院を開いた。

前に、ハンセン病が日本ではもう克服された病気のように書いたあと、こうした事実を突きつけられるとグウの音も出ない。中村さんは「菌を根絶した、というのは人間の傲慢です。病気とは仲良くしなければならない。根絶じゃなくコントロールするだけです」といった。

PLSやそれに先立つJAMS（日本アフガン医療サービス）の困難な奮闘については、中村さんの著書『アフガニスタンの診療所から』（筑摩書房）、『医は国境を越えて』（石風社）などをぜひ読んでほしい。そこでは医療のみならず、遊牧民とつきあい、その心を掌握する技術から、名前ばかりのNGOや、イバルだけで実情を知らない国連機関とのすさまじい〝政治闘争〟も書かれている。

「日本の人は国連信仰が強いですね。国連機関のすることはすべてよいことだと思っている」。中村さんはニヤリとした。

さまざまな感染症もさることながら、地球温暖化がすすみ、川が涸れ、井戸が涸れる。そこへ宗教紛争も勃発して、水も食物もないため村人が村を捨てざるをえない。こうして難民化がはじまる。

医療よりも水の確保が先だ。そう思った中村さんは、日本の技術者らを招き、すでに五五二ヶ所の井戸を掘り、地下水を導き出した。「病気はあとで治す。とにかく生きて村におってくれ」と祈るような気持で。

井戸掘りの苦労話のあと、私が聞き手となってパキスタンやアフガニスタンの暮らしを聞いた。

——ふつうの人はどんなものを食べているのでしょう。

インダス川をはさんで西はカレー味がなくなります。ネパール料理に似ています。マントゥーとか。羊の肉でつくったカバブは有名ですが、貴重でなかなか口に入りません。タンパク源は豆のスープですね。

——どんな家に住んでいますか。

泥をこねて日にさらしてつくった日干しレンガを積んで、泥を接着剤にして積み、上に木をわたし、屋根のかわりにワラをかけます。床は大理石ですが、大理石はさほどのことはないが、工場生産品の窓枠が一番値段が高い。

――着ているものは？

男の人はシャルワールとカシーズという白いシャツにズボンのゆったりした服装で、布地を買ってきて家で作ります。農村ではそういう伝統的服装ですが、都会では洋服が多くなってきた。女性はブルーカーという目のところだけ透けて見えるベールをかぶる。顔を見せると男の欲情をそそるからです。えー、年をとったら欲情をそそらないから大丈夫です（笑）。

――電気、水や下水、ゴミ処理はどうなってますか。

田舎では電気はなくランプですね。水道ももちろんありません。井戸は場所によっては相当深く掘らないと出ない。ヒンズークシ山脈の六―七千メートルの山々に降った雪が何万年、何十万年たって地下水となった水を汲むのです。

うんちは畑でする。そのまま肥やしになります。お風呂は生涯三度入るといいます。生まれたとき、結婚式の朝、死んだとき。乾燥しているので臭くはないですが、患者の腕に注射をしようと拭いても拭いても汚れがとれないことがあります。ゴミは基本的には出ません。プラスチックトレイもビニール袋もないし。空きカンやビンがたまに手に入ると容器として大事にします。

――そのような厳しい土地で何が楽しみなのですか。

客を泊めて四方山話を聞くこと。旅人はできるかぎりもてなす。ドラム缶を叩いて歌をうたい、即興詩のようなこともやります。読み書きはできなくとも、土地の人はみな詩人です。それは高い文化です。子どもたちはそこらのものをおもちゃにして集団で遊びます。

――どのような考えの人たちなんですか。

うーん、ヤクザのメンタリティに似てますね。信用したらとことん信用する。「あんたのためなら死んでもいい」といいますね。逃げてきたものは決して売り渡しません。

日本より海の彼方の村の方に、中村さんは希望を見ているようだった。「人間らしい暮らしは貧しさの中にしかありえない」という。日本やアメリカ、「先進国」のぜいたくな暮らしにより、CO_2が空気中に排出され、温暖化が起こり、パキスタンの川や井戸が涸れる。私たちの暮らしがめぐりめぐって彼らの生きる条件を奪っているといえる。「景気対策なんて必要ない。日本のこの経済体制がいちど全部壊れることが必要だと思う。今の生活をつづけるなんてことは早晩できません。少なくともエネルギー革命以前に戻らないと」

じっさい現場で働いてきた中村さんの一言一言には重みがある。十八年、町の暮らしを見つづけてきた私も深くうなずいた。物はあふれても幸せとはいいがたい。豊かになることによって、人びとはむしろ孤立化し、助けあいや共食、家族でのもてなし、たのしい路上生活を失ってしまった。

ペシャワール会はこの中村医師のパキスタンやアフガニスタンでの医療活動を支援する目的で結成された。本部は福岡におかれ、会員が四千人いて、事業費は年間八千万、すべて民間からの寄付でまかなわれている。ワーカーやボランティア・スタッフの派遣、スタディ・ツアーなどを行なっている。

すばらしいのは、このうち事務局経費は五パーセント、あとの九五パーセントはみごとに現地の医療や井戸掘りの事業に使われていることだ。それも可能なかぎり無駄なく。税金が結局はどこに行ってしまうのかわからない外務省や特殊法人、ODAの現状を見ると、税金を払うのをやめて、その分ペシャワール会に寄付する方がよいように思える。

アメリカではNGO、NPOへの寄付分は無税だ。すなわち行政より効率的に社会貢献をする団体に、市民がじかに拠金するシステムが保障されているのだ。日本ももっとそうならなければ。

最後に聞いた。「なぜ危険なアフガン国境に行くんですか」「ほかに誰も行かないから」。この答は「そこに山があるから」の名答を想起させ、ちょっとほほえまれた。

中村さんはすぐに福岡に帰り、私は残った人たちと酒を汲んで泊まり、翌日、出発。バスの本数が少ないので、虫賀さんは駅まで川沿いの道を私と荷物をのせて自転車で走る。「太ったインド人がリキシャに乗ってるようね」とすまながると、「クーリー虫賀と呼んでくれ」と痩せた足でせっせと漕いでくれた。

ペシャワール会 http://www1.mesh.ne.jp/peshawar

記憶の継承

九月十一日夜、次の日の中国行きをひかえて私はテレビの天気予報を見ていた。数年後にはダムになってしまう長江の三峡を下り、三国志のあとを訪ねるという旅に中世史の脇田晴子先生からお誘いを受けた。李白の研究者、筧久美子先生も同行して下さるというし、さぞ学ぶことが多かろうと楽しみにしていたが、台風の動きが遅く、明日の関空への飛行機は飛ばないかもしれない。

天気予報にハラハラしていると突然、ニューヨークのワールド・トレード・センターに飛行機が突っ込んだ画像に変わる。もう一機突っ込む。ペンタゴンの火災。WTCビルの崩壊。十一機乗っ取りとの情報。もう家族四人で朝まで釘づけとなる。二十一世紀の幕開けの年はこの数千人の市民の死で記憶されることになるだろう。

しかし中国行きは決行された。誰一人空港に来ない人はいなかった。その後の動きや報道を見て、前回の中村哲医師の言葉の一つ一つがよみがえる。アメリカをその典型とする、大量生産・大量消費、高度資本主義的な私たちの暮らしそのものが、パキスタンやアフガンの人びとの生存根拠をおびやかしている、と中村哲さんはいった。

繰り返しになるが、広い家に住み、自家用車を走らせ、石油を使って育てた食物を食べ、暖房や冷房をし、結果、大気に排出されたCO_2が、地球温暖化をもたらし、地球上にさまざまなひずみが起きる。

ヒンズークシ山脈に雪が降らなくなり、ソ連の侵攻以降の荒廃もあって、アフガニスタンのカレーズ（水路）が涸れ、地下水の水位が低くなる。一九九九年から二〇〇〇年にかけての干ばつでアフガンで百万人以上の人が死んだことを、日本のマスコミはほとんど伝えていない、と中村さんはいった。

ブッシュ大統領の娘の飲酒やブレア首相が育休を取ったことを騒ぎ立てるジャーナリズムは、アフガンのふつうの人びとの生き死ににひどく冷淡である。私たちは彼らの思考や暮らしをほとんど知らない。こんどの事件についても知らずして、すぐに〝タリバンの狂気〟と片付けるのは、簡単すぎるのではないだろうか。

もちろん無辜の市民を数千人も殺していいわけがない。しかし旅行中もCNNニュースを見て、事件で亡くなった人びとの家族愛や消防隊員の英雄的行為が悲愴な音楽にのって流され、ブッシュ大統領の演説や、「報復は当然だ」という市民のインタビューがはじまる。これほどエモーショナルな方法で国論がつくられ、新たな戦争が用意されていくのは怖かった。これもまた宗教的な狂気ではないか。水を奪われ、食物もなく、攻撃されなくてもこれからも死んでいくアフガンの人たち、さらに戦争で殺される市民のことを考えるとつらい、どうしようもない気分になる。

「真珠湾の再来」という言葉にまず違和感があるが、テロという言葉の多用にも疑問が湧く。「テロリズム」は、手元の『新明解国語辞典』（第五版）によれば「政見の異なる相手、特に政府の高官や反対党の首領を暗殺したりして、自己の主張を通そうとする行為（を是認する主義）」である。私のイメージもこれに近い。一方、「テロリスト」は「政治的理由で要人を暗殺する者（を教唆する人）」とあって、思いつくのは島田一郎（大久保利通暗殺）、来島恒喜（大隈重信暗殺未遂）、安重根（伊藤博文暗殺）などであって、彼らには彼らなりの〝義〟があり、それが正当な方法ではとうてい達成できないので、追いつめられたあげく、暴力を用いた。大方、単独犯、せいぜい数人であって、その武器は刀やピストルだった。

今回のような、要人を狙ったわけでない、組織的な、しかも旅客機という〝超兵器〟を用いた一般市民の大量殺戮を、簡単に「テロリズム」と名付けてよいのか。もちろんブッシュ大統領のいう「新しい戦争《ニューウォー》」にも同調しかねる。

犯人を〝断定する証拠〟がない。仮に推定通りだとしてもオサマ・ビンラディンとその一党は少なくとも〝国家〟ではない。なのになぜ、彼らが隠れているかもしれないからとアフガンという国土を空爆できるのか。

中村哲医師とペシャワール会のスタッフは、今回の事件のあと、何度も新聞やTVに引っぱり出され、アフガニスタンやパキスタン国境の人びとの窮状を語った。それは不幸中の幸いだ。報道によると中村医師は事件後、十三日にアフガンへ戻り、事務所の移転や、井戸掘りの機械や医療用薬品を分散配置したという。

「私が接したアフガン人は『(ニューヨークで)亡くなった人がかわいそうだ』と話していましたし、テロに対する嫌悪感も強い」「彼らは現状のままでも死んでしまうほど弱っている。それに武力攻撃を加えるということは、アフガンの人々にしてみれば、天災に人災が加わるということです」「日本がしなければならないのは、難民を作り出す戦争への加担でなく、新たな難民を作り出さないための努力なんです」(中村哲氏のインタビューから、『毎日新聞』九月二十八日付)

国家、戦争、事件にかこつけての政治家のもくろみや人気取り、自衛隊派兵のための法改変の動き、こうしたパワーポリティクスにまどわされたくない。中村さんのように、アフガニスタンの人びとの暮らし、ニューヨークの、そして日本の人びとの暮らしに目を据えていれば、そう間違うことはないだろう。中村さんは九月末、再び日本を発った。難民たちに水や食物や医療を供給するために。それを知らせる論楽社の虫賀宗博さんの手紙は、「テロルという薬物には粘り強い医療が必要です」と結んであった。

また別のことを思い出した。

六月にニューヨークとワシントンへ行ったとき、私はＮＰＯの訪問をたまにさぼって、スミソニアンの博物館へ通った。博物館というから一つかと思ったら、ホワイトハウスと有名なオベリスクを結ぶ軸の周辺にたくさん散らばっている。とうてい全部見きれるものではなかったが、感心したことはいくつもあった。その一、入場料がまったくかからないこと。その二、たくさんのシニア・ボランティアが、生きいきと働き、とても親切にしてくれたこと。その三、車椅子で見学している人が多く、他の見学者がそれを優先し、サポートしていたこと。

アメリカン・ナショナル・ミュージアムは広かった。その中には日系人の暮らしのコーナーもあって、画面では移民の男性、写真だけで嫁いできた女性たちが口々に苦難の人生を語る。アメリカ人の小学生たちが、それを熱心にメモをとり、先生が一つ一つを丁寧に解説している。

展示物の中には、「中国人と日本人を見分けるには」として、日本人は「顔が丸い、太っている、足が短い」などの特徴を書いた雑誌がおいてあったり、戦争中の日系人収容所、米軍の先頭に立って戦った日系兵の写真など、見ていて切なくなるものが多かった。しかし、たとえば江戸東京博物館や九段にできた昭和記念館で、果して「強制連行された在日朝鮮人の暮らし」といった展示コーナーが可能かどうか。考えると、これは気の遠くなるような見事な展示といえる。

次にホロコースト記念館へ行った。丸いユダヤの帽子をかぶった少年たちが、ここでも団体で来てメモを取っている。先生は展示をあれこれ説明する。質問が飛ぶ。他の生徒が意見をいう。日本の博物館で小中学生、いや高校生に会うとその騒ぎぶりと不まじめさに、そして内容の説明どころか、整列だの静かにしろと叫んでばかりいる先生に腹が立つ。

先日、内館牧子氏が『週刊朝日』のコラムに、沖縄のひめゆり平和祈念資料館に行ったら、修学旅行の女子高生たちが、ひめゆり部隊で亡くなった女学生の写真を「何これ、ブス」などとはやし、引率の教師はそれをたしなめるでもなく側で携帯電話をかけていた、と呆れていらした。どうしたらスミソニアンのような静粛な見学ができるのか、驚くばかりである。

ユダヤ系の金持の多いアメリカだから、寄付が多く集まって建てられたとも聞くが、同じように、ナチスに迫害されたロマの人びとの展示もやはりきちんとあった。ユダヤ人を救うため活動したあらゆる国の人びとの名も刻まれている。日本、としてやっと杉原千畝の名が出てきたときには、さすがに嬉しく、感情に警戒的な私でも涙が湧いた。

ワシントンのジョージタウン大学の先生となった旧友ジョルダン・サンドに再会してこの驚きを伝えると、「次は先住民族、つまりインディアン記念博物館を計画中です。僕は奴隷制博物館も早く作った方がいいと思うな。つくるべきですよ」と、軽々というのにはまた驚いた。

ワシントンで泊まったホテルから歩いて二分のところに「オールド・ポスト・オフィス」といって旧郵便局を保存し、修復して転用している建物があったが、塔の最上階には、この歴史的建造物の由来、保存運動の展開、中心的に担った人物の紹介、そして最後に「古い建物は長い友だち」にはじまる保存の必要性を訴える文があって、「自分の近くの建物を保存したい人はここへ連絡を」と全国組織の電話番号も入っていた。見るだけでなく行動をうながしていた。

さらに、ホテルの裏にはリンカーンが狙撃されたフォード劇場が現存する。どころか、地下にはリンカーンがその日着ていた服や手袋、帽子、当日のチケット（で出し物も分かる）など細かく展示されている。しかも、その狙撃されたリンカーンが重体で運び込まれた劇場前の民家ピーターセン・ハウスも往時の姿で残り、家具調度もそのまま。リンカーンが息をひきとったベッド、夫人が看護のため腰かけた椅子もそのままだ。

この驚きも、サンドさんに伝えると、「リンカーンを撃った犯人がバルコニー席から舞台に飛び降りて足を骨折した。その彼を治療した医者の家も史蹟として保存されていますよ」というのでびっくりした。

記憶の継承にかけるアメリカ人の情熱はとどまるところを知らない。最近はＩＴの技術を駆使し「アメリカン・メモリー」という国家プロジェクトのサイトがつくられ、建国以来のあらゆる記録をそこに突っ込んでるそうな。いやはや、冬季オリンピックの会計帳簿を「なんとなく」焼いたり、満州国経営の資料をどっさり棄てようという国とは発想が異なるようだ。

このたびのニューヨークの災厄も、アメリカ人は個々の胸に、都市の中に、そして国として、どのように記憶していくのだろうか。そして私たちは数年前、やはり数千人が亡くなった神戸の震災を、数十年前、空襲や原爆で亡くなった人びとをどのように記憶できるのだろうか。

百姓哲学者　佐藤忠吉

アメリカによるアフガン侵攻以来、胸がいたい。食欲もないし気力も湧かない。それでも私たちは非常時に浮き足立つことなく、自分の日常の思想を鍛え、暮らしをきちんと営まねばいけないのだろう。

NHKのディレクター川村雄次君が松江局に赴任して一年近い。彼とは結局、一度も番組は作ったことがないのだが、ひょんなことから出会い、妙に気が合って、みすず書房の守田さんと谷中の飲屋で松江赴任の歓送会を行なったほど。恋女房の久美ちゃんも交え一夕、四人でたのしく飲んだ。

久しぶりに電話をかけてきたと思ったら、息せききっている。

「森さん、僕が松江に行って出会った一番すごい人物が佐藤忠吉って人です。日本で一番早くパスチャライズ牛乳、いわゆる低温殺菌牛乳をつくった人です。酪農家だけど名刺の肩書きは〝百姓〟ってなってる。一度、来て会いませんか」

直情径行で、NHK職員にしてはきわめて野蛮な川村君は、とりあえず「ごちそう賛歌」という番組で佐藤さんのエメンタールチーズづくりを取り上げることにし、私をそのレポーターに起用したいという。向こうみずなことである。

エメンタールチーズはアニメーション「トムとジェリー」なんかを見ていると出てくる穴のあいたチーズ。もともとはスイスのエメ溪谷で作られた。プロピオン酸という乳酸菌が二酸化炭素を出して、あの穴があくのだという。日本では、十一年前、佐藤さんが藤江才介氏という、戦前のヨーロッパでチーズ作りを学んだ技術者の協力を得て、一度だけ成功している。

こういう話はわくわくしてしまう。私はすぐに出雲空港に飛んだ。そこから木次《きすき》線に乗って四十分。はたして佐藤忠吉さんに受け入れてもらえるのだろうか。川に沿ってある工場にコンニチハと入っていくと、はじめてお目にかかる佐藤さんはぜい肉一つないすっきりした人だった。机の上に渡辺京二『逝きし世の面影』が読みさしで置いてある。

佐藤さんは八十二歳、父親の代から木次の篤農家である。勉強が好きだったのに、農業は体で覚えんといけん、という父親に中学へはやってもらえなかった。農業青年として兵隊にとられ、中国で牧場経営の話を聞いた。酪農はもうかるらしい。広々とした牧場で牛を育て馬に乗りたい。そんな夢を見た。

戦後、田畑のほかに牛を飼ってみた。その牛があるとき落ち着かない。硝酸銀の入った穀物飼料で育てて牛の体が汚染されていたのだった。山で育った雑草を食べさせると牛が落ちついた。自分の体もそうじゃあるまいか。佐藤さんは農薬を捨て、有機栽培を試行錯誤しながらはじめる。

「いまの若い人もハムやソーセージなど加工物からリン酸カルシウムを摂ってるでしょ。それでキレやすい子になる。男が男らしくならない。精子が減るのもそのせいらしい」

ヨーロッパの酪農を学び、一四〇度二秒というような高温殺菌は、牛乳の風味も栄養も奪うと知った。パスツールに由来する六五度一五秒の低温殺菌、いわゆるパスチャライズ牛乳をつくり普及させた、日本で最初の人が佐藤さんである。

「それでも牛乳製造は菌との闘いです。消費者の命をあずかってるのだから」

小さな台所のような工場という。しかし衛生管理は厳しい。テレビのクルーがそのまま入ろうとしたら従業員が殺気立った。少なくともきちんと手を洗い、白い長靴、白衣、そして白い帽子をかぶらなければ中へは入れないと。昨年は雪印の牛乳から多量の細菌が発見されて問題になった。マスコミが騒いだ。工場長がいう。

「他の工場はきちんと清掃してたでしょう、が一つの管や継ぎ目でもおろそかにすれば、命にかかわるし、企業全体の信用をなくす。そういうものなんです」

木次牛乳は本当にサラッとして、よい香りがした。

朝早く、日登《ひのぼり》牧場へ行く。エメンタールチーズを作るには、本当に良質の牛乳でなければならない。佐藤さんの飼っている牛は、よく知られるホルスタインやニュージャージー種ではない。ブラウンスイスという茶色く、体もほっそりした牛である。清潔な牧舎の中に目の黒い牛たちが並んでいた。

乳をしぼるところを見ていると、乳頭にのこっている百ccほどをまずしぼって捨てる。牛糞などで汚れているかもしれない乳を除去し、さらに乳頭とその周辺を熱いタオルで拭いてから、搾乳する。その乳をまたコップで飲む。いつも冷たいのをゴクッと飲んでいる私には生温かい乳が不思議な感じ。口の中にやわらかい甘さが広がるが、まるで自分の乳を飲んでいるような。

牛舎の隅に生れたばかりの赤ちゃん牛がいる。当り前のことだが、牝牛で、しかも妊娠し出産した牛だけが乳を出す。なるほど、牛が子どもにやるべき乳を人間が横取りしているんだなあ、とあらためて気がつく。でもこの牧場では初乳を赤ちゃん牛に与え、当分、母乳で育てている。でも牡牛は、残念ながらよそに運ばれて肉になるという。ブラウンスイスの利点はホルスタインのように乳牛オンリーでなく、乳肉両用というところにもある。乳を出し切った牝牛もつぶされて食べられる。

ともかくここの牛の幸せは生きているあいだ、日中、山の中で放牧されていることだ。牛は三十度ほどの急な山を佐藤さんについてゆったりと上っていく。あちこちに牛がふみ固めた牛道がある。そこで好きなだけ野の草を食べる。

「たいていの牧場は穀物飼料を中心にしてるんですが、それでは腸内で発酵しすぎる。うちでは野草をたっぷりやるんですわ。野草の中には薬効成分がたくさんありますから」

つぎにチーズ工房へ向った。ここも清潔そのもの。化学の専門家である奥井さんとチーズ職人の川本さん瀬尻さん。三十三歳の川本さんはもとヴィジュアル系のバンドの歌手だったという。あれこれ小さな撮影を重ねるクルーをよそに、私は裏山に面した庭をのぞく。しんとした深い林が奥までつづいていた。

翌日、朝早く、またチーズ室へ向う。すごい緊張感。いよいよエメンタールチーズ試作の日だ。この日のために佐藤忠吉さんは工房の設備の改善などかなりの額を投資した。しかも一〇キロのエメンタールチーズ四つをつくるために、日登牧場の一日半分の牛乳四三〇リットルを投入するのだ。いぶし銀のような缶に何本もの牛乳が運ばれてきた。

乳脂肪分を計測して、少し上澄みのクリームを取り、工房の横に流し込む。これを七〇度一五秒で殺菌。細菌を殺しても成分や旨味を変えないギリギリの数字。三種類の乳酸菌を入れてムラなく混ぜあわせる。大きなヘラのようなもので、川本さんがかきまわしつづける。さらに一時間半後、レンネットという子牛の胃袋からとった酵素を加えた。

しばらくすると牛乳は凝固しだし、固体と液体に分れていく。固形部分がカードというチーズのもとである。牛乳プリンというのかおぼろ豆腐というのか、その固まり具合を見極め、それをナイフで切る。といっても豆腐を包丁で切るようにではなく、枠にピアノ線を張った枠で槽の中をさらって切る。川本さんの体がきびきび動いた。

その後、また大きなヘラのようなもので、カードとカードがくっつかないようにオールを漕ぐ。手を休めるわけにはいかない。

湯をさし、槽をあたため温度を上げていく。この温度は企業秘密。できあがったカードを手にのせる。見た目はカテージチーズ。こっそり口に含んでみると、そんなやわなものじゃなく、珠のつぶみたいにコリコリキシキシしている。しかしまだチーズらしい味はしない。これを型に流し込み、成型し、これで二ヶ月寝かせる。エメンタール特有の穴（ホール）があくかどうか、それはこれからのお楽しみ。

もう夕方だった。息をつめるような作業が終わり、しかしまだ緊張感がとけない。

いまは会社の社長から相談役になった佐藤忠吉さんは二度ばかり様子を見にきた。

「いったん若いもんにまかす、といったんだからわしは口は出さない」といいながらそわそわしている。「失敗してもいいんじゃ。いやきっと失敗する。最初からうまくいって天狗になられてもかなわん。失敗は成功の母といいますからな」

一〇リットルの牛乳が一キロのナチュラルチーズに凝縮する。いままでチーズは高い、と思っていたが、これほど牛乳を使い、こんなに微妙な技術が要るのだから、むしろ安いのかもしれない。

チーズは蛋白質のかたまり、牛乳の栄養の凝縮したありがたい食品だ。

「とはいってもわたしは菜食じゃから、あまり乳製品はいただきませんな。朝は五時起き、仏様を拝んで、新聞を十紙くらい目を通す。玄米ごはんを家族でゆっくり食べます。牛と同じでゆっくり噛んで、唾液を出して、よく消化するのがいいんです」

八十二歳で山をかけのぼる。撮影の合間に佐藤さんの話を聞いた。「出雲弁じゃけん、よう話さん」というが、この人はホントウの哲学者だ。こっそりメモした彼のことば。

「地域は活性化する必要はない。鎮静化すべきだと思うとります」「老人に仕事を、子どもに遊びを、というのが二十一世紀に必要なことですな」「障害をもつ人も農作業に雇用しとりますが、義侠心や同情心ではよう使い切らん」「都会からも人がやって来ますが、都会の人は田舎に桃源郷を求める。三日いてここが桃源郷じゃないと知ってまたどこかへ行ってしまう。まあ理想郷が成功したためしはない。二流三流で十分、チャランポランでいいんじゃ」「ふところに入り込まん程度の協同がいいですな。やりすぎるとコルホーズかキブツみたいになる」「自然に対して私は主義主張はありまっせん」

ともに農業を考えた同志大坂貞利さんのことを語るとき、佐藤さんは遠くを見るような目になる。クリスチャンでじつに先見性があった。電磁波の害があるから妊婦はテレビを見ない方がいい、と説いて回った。「自分より大きく見せもせん、小さくも見せなかった。人のために死ねるか、というのが彼の口癖だった」。大坂さんは日登牧場で農機具にはさまって志半ばで逝った。「安らかな顔して死んでおりました」。それが大坂さんの生き方を語るものだ、というように佐藤さんは静かに微笑んだ。

たまり場の必要

晩ごはんが終わり洗い物がすむと娘が、散歩しない、と聞く。夜道を二人で自転車を走らせることもあるし、近くの銭湯まで歩いていくこともある。銭湯といっても二百メートルも行かない所にある。

サンダルを下足箱にしまい、ガラリと戸を開け、四百円とは高くなったものだなあと小銭を番台にパチリと置く。幼児のころ、入ってお椀の舟の〝一寸法師ごっこ〟をした竹の籠に服をぬいでおさめ、広い湯船につかる。タイルの縁に頭をのせて目をつぶり、ああ近くに風呂屋があって良かったな、と思う。

十七年前、地域雑誌で銭湯特集をやったときは、町に十五軒の銭湯があった。宇野浩二や川端康成が通った谷中の柏湯は、寺の僧侶が多いので、〝坊主湯〟とも呼ばれていた。道灌山下には古今亭志ん生が最後、弟子におぶわれて通った宝湯があった。坂下町にはかつて講談社があったころ、隣りの女湯がのぞけるというので文士たちに評判だった大菊の湯があった。

銭湯のご主人たちはそんな由緒や伝説を誇らしげに語ってくれたものである。黙々と釜を焚く無口なご主人には、深夜、お風呂に入りにいって、番台で話を聞いた。刷り上った雑誌を届けにいくと、あるご主人がいう。

「いい話ばかり書いているな。銭湯を維持していくのは大変なんだ。客は減る一方だし、ガタのきた配管を次にとり換えるときは二千万かかる。頭が痛いよ」

学生でもバス付きマンションに住む時代だ。近くの谷中コミュニティ・センターでは、区役所が老人サービスとかいって週三回、無料で入れるお風呂をつけてしまった。民業圧迫とは思わないのだろうか。老人が銭湯に入れる券を配った方がずっとよいのに。客が減る。入湯料が上る。するとまた客が減る、の悪循環である。

東京の銭湯経営者はなぜか石川県、富山県、新潟県出身の人が多い。郷党の先輩が上京して銭湯経営に成功すると、それを頼って出てきてわらじを脱ぐ。そして独立したのだった。しかし、あるご主人にいわせるとこうなる。

「こんな重労働、雪国の辛抱強い者以外つとまらないよ。夜十二時に客が帰ったって、店仕舞いして寝るのは二時だ。朝は遠くまで廃材を取りにいって、昼前から重油を焚くんだ」

設備投資と収入のアンバランスを考えた末、いくつもの風呂がバブル時代、マンションになった。大通り沿いにあり、面積は広いし地形もいい。地上げ屋にまっ先に狙われた。

昔は屋外プールがあったという人参湯も、ドラマ「時間ですよ」のモデルといわれた梅の湯も、なぜか赤ちゃん連れの多かった大菊の湯も、マンションになった。柏湯が壊されるさい、劇団第七病棟が「オルゴールの墓」なる芝居に使って若者を集め、それがきっかけか、銭湯を改造して「谷中バスハウス」という現代美術のギャラリーになったのはせめてもの成果だった。

神田あたりでは、寒空の盛り場を抜けて桶をかかえた独居老人がゆく。二十分歩かないと銭湯はないのだ。東神田の住人に、どこで買物をするのですか、と聞いたら、三越デパートの地下という。高いけれどデパ地下。まわりに飲食店はいっぱいあるのに、食料品店はまったくないのである。

バブルもはじけ、とにかく今ある銭湯を大切にしようと、銭湯ツアーや銭湯での落語や講談などのイベントもさかんだ。最近〝趣味の人〟がよく入ってくる。家に風呂はあるが、銭湯が好きな人、まあ私もその一人だろう。「内風呂があるくせにぜいたくな」と常連さんには叱られそうだが、マンションの窓のないユニットバス、棺桶みたいな風呂に入るのがときどき嫌になってしまう。銭湯の方がぜいたくだ。どこまでも高い天井、立ちのぼる湯煙、富士山の背景画、湯上りに飲むコーヒー牛乳と裸のおしゃべり。そのゆっくりした時間のために銭湯に行く。

昨年見たロードショーの中で、イチ押しは中国映画「心の湯」だった。

北京の古い町で、朱旭《チユウシユイ》演ずる老人が、少し頭の弱い息子と銭湯の灯を守っている。朝から晩まで常連さんがやって来て長湯する。湯上りに将棋をさし、歌をうたい、主人のマッサージを受け、コオロギを闘わす。土を入れた壺の中で飼っているコオロギを闘わす、という伝統的ゲームがあることをはじめて知った。もちろん常連同士の好き嫌いや意地の張り合いもある。それでもここは小銭で日がな一日いられる天国だ。

そこへ上海か広州あたりだろうか、南の方でビジネスで成功した長男が帰ってくる。弟が送った絵葉書に父が横たわる絵が描いてあった。すわ危篤かと飛んできたのだ。元気な父親はいう。

「お前は南で大きい商売をすりゃいい。わしだってお得意さまが喜ぶ顔を見りゃ満足さ」

仕事に誇りをもつ老人である。その銭湯「清水池」が上からの市街地再開発で壊されることになる。こういうところは「社会主義」中国は強権的だ。反対や討論の余地がない。自慢のコオロギをブルドーザーにつぶされて寝込んでしまう老人。高層住宅に引越して銭湯に現われなくなった老人。残った一人がつぶやく。ここはただの銭湯じゃない。人びとが語りあうことができる、かけがえのない心の湯なんだよ。

昨年二月、初めて北京へ行った。

ホテル航空券だけの三泊四日の自由旅行で、ともかく北京の町に立ち、できれば、胡同《フートン》とよばれる路地めぐりをしたかった。三輪車に乗って胡同めぐりというオプショナル・ツアーもあったが、一時間で四二十元（六千円近く）払うのもばからしい。ホテルの人に、胡同はどこへ行ったら見られますか、と聞くと、もうほとんど壊されて観光用以外にはありませんと首を振る。

納得できずにホテルで地図を貰い、貸し自転車に五十元払って、町に飛び出した。ホテルの面する広い道路を横切るのはこわい。車がビュンビュンとばすし、その両脇をまた自転車が何重にも走っていて、横断する人間に目もくれない。そして、信号なんてものがめったにないのに気づく。

大街を渡って横丁に入る。うそじゃないか。地図には胡同という文字がいっぱい。灰色の厚い壁に囲まれた路地の中は、折れ曲り、どこへ続くとも知れず、かすかに練炭の匂いがする。家はほとんど赤レンガ積み瓦屋根の一層建て、練炭だの漬物樽だの自転車だの、外に溢れ出しているのは日本と同じ。

老人が多く、冬だからか、あまり人気《ひとけ》がないが、出てきたおばあさんがしきりと話しかける。飼っている小鳥の話をしているらしい。そういえば日本の路地にはつきものの猫がいない。犬も見かけない。

胡同の外の道には刀削麵《トーショーメン》と大書した店がある。ぐらぐら煮立った釜の前に立って、こねた小麦粉を刀で削り飛ばす。みごとに釜の中に入って湯立ったのに、ラー油としょう油のスープをかけて三元。またひとしきり町を自転車でかけ回り、二月の北京は冷えるので、蒸籠で湯気を上げる小籠包の誘惑に勝てなかった。これも十個で三・五元。夕方はネギ入り餅を五角（〇・五元）で立ち食いした。どんな豪勢な中華料理店へ入るより、町のふつうの人が食べるものの方がおいしい。どこの国でもそうだ。三元の麵と比べると五十元の貸自転車が高く、惜しく思えてくる。

横丁には赤い腕章を巻いた共産党地区委員らしきおばさんがいる。日本のおばさんたちと同じように立ち話に夢中だが、ニイ・イン監督の映画「スケッチ・オブ・ペキン」では、彼女らが地区住民の生活を管理し、少子化政策に反して子をみごもった妊婦を通報していた。ただの金棒引きが小権力をもつと厄介なことになる。この人たちもそうなのだろうか。

灰色の壁のあちこちに掲示板があり、色とりどりのチョークで、「挙全市之力、力中奥大事」と書いてある。下に書かれた英語を読むと「オリンピックへ向けて全力でがんばろう」ということらしい。「人民のオリンピック、緑のオリンピック」と書いたものもあった。

オリンピックへ向けてか、あちこちで胡同を壊している。ブルドーザーがあっという間にレンガをくずす。煙が立ち、残った家財道具ごとつぶされる。赤い招福の貼り紙などが土にまじり込む。樹もそのうち伐られるのだろうか。隣りには美々しい十数階のアパート群が建ちはじめている。

たしかに暗い、日の射さない狭い胡同の家に比べ、何と明るくきれいなビルか。そっくりな感想を、かつて荒川区の白鬚西防災団地、いわゆる汐入りに通っていたときに感じたと思い出し、はっとする。平家の木造の集落が壊され、道が広げられて陽のさんさんと入る高層アパートができあがったときに。中曾根首相が「山の手線内は七階以上に」と主張した時代だった。

あのころよく汐入りを歩き、高層に越した老人たちの話を聞いた。「隣りと全然違う棟が当ってねえ。もとのご近所がなくなっちゃった」「下まで買い物に降りていくのがおっくうで」「窓をあけると風が吹き込んで怖い」「エレベーター乗るのも怖いしさ」「いま飼ってる猫が死んだら新しい猫を飼っちゃいけないことになってるの」

清潔、日照と高度利用の代わりに、人びとは地べたについた暮らしを手放し、植木や生き物と別れ、コンクリートのマンションの中に囲われ、共に生きる仲間を失った。

七月、次のオリンピックの開催地は北京と決まり、花火が打ち上げられて抱き合って喜ぶ市民の姿がテレビに映る。まるで東京オリンピック前のようだ。これで先進国の仲間入りができる。十歳の私は学校でそう聞かされた。中国人の友だちが、「地方にはまだ小学校もないし、下水道も通ってないのに。先にやることがあるんじゃないか」という。

おい北京、同じ轍を踏まないでくれ。

銭湯が一つ消えるとき、アパート暮らしの人がお風呂に入れずに困るだけではない。そこでの会話、背中の流しっこ、健康法の伝授、そうした人間らしい生活が一挙に失われる。日本でもそうだ。いま叫ばれている「都市再生」とやらが、銭湯や駄菓子屋、駅前の居酒屋をつぶして、ピカピカに町を整備することなら、加担したくない。

明日は日曜日、銭湯の朝湯のある日だ。

大塚女子アパート

文京区という区は、旧東京十五区の小石川区と本郷区が合わさってできたのだが、この二つの地域はなんとなく人気《じんき》がちがう。本郷と小石川の二つの台地を貫く地下鉄もなく、交流がない。

それでも茗荷谷あたりは懐かしい。中学高校と六年通ったところで、部活の帰りによく駅前の甘味屋やピザ屋に寄った。東京教育大学が筑波大学になって引越したのを皮切りに、バブル期にこのへんはすっかり変わってしまい、駅ビルも建て替えられ、マンションが林立した。

中でも消えてさびしい建物は大塚三丁目の角にあった消防署の望楼と、曾禰・中條建築事務所設計の茗溪会館である。茗溪会館は東京高等師範時代から続く教育大の同窓会館で、高校のころ、なんと二百円くらいでスープ付のランチが食べられたものである。

残る懐かしい建物が二つ。昭和の初めに建てられた都バスの車庫（都交通局大塚自動車営業所）と、その斜め前にある大塚女子アパートである。これが例の震災復興に大きな役割を果たした同潤会の手になるものとは当時は知らなかった。住んでいるのは女子といってもいまや老婦人ばかりだが、いわゆる下駄ばきアパートで一階に入っていたパン屋、ケーキ屋へはよく行った。

ここ十年ほど、震災復興の資金で同潤会の建てたアパートが壊されるのにいくつ立ち会ってきたのだろうか。猿江、柳島、代官山、鶯谷と指を折って数えてみる。建物が老朽化し、外壁が崩落する。雨もりがする、配管がいたんできた、そのうえ住民が高齢化しているなどの情況は、どこでも共通に見られた。

それでもコンクリート造の集合住宅のパイオニアであり、それぞれの設計者の心のこもったデザインや間取り、当時としては精一杯のよい素材を使っていることに感銘を受けてきた。現居住者には高齢年金生活者も多いため、〝なるべくお金を出さないで建て替える〟ことが先決となる。それぞれの再開発組合が、居住者全員の同意を得ることにも、資金調達にも四苦八苦するのを見ていると、いま日本中に建っているマンションの行末が予想できる。

そうはいっても、建て替わったマンションは以前に比べ安手感は否めない。これを年月が磨き上げ、風格が出て、数十年先、保存運動が起こることがあるだろうか。もちろん余分床を売って建設費を出さざるをえないので、どうしても超高層になってしまう。たとえば鶯谷同潤会アパートは二十数階のリーデンスタワーとなり、私たちの町のいたる所の景観を壊している。谷中の寺町や墓地の上に、どこから見てもにょっきり灰色に生えている。江戸川、清砂、青山と残るいくつかの同潤会アパートでも、現在建て替え計画が進行中だが、同じように超高層計画、部分保存すら無理、とあまり良い方へ進んでいない。

大塚女子アパートも改築計画が起こり、それに対し、主に女性建築家の方々から保存の声が上がり、「旧同潤会大塚アパートメントを生かす会」（小川信子会長）が結成され、見学会やシンポジウムが催された。

このアパートは昭和五年に完成。敷地は三六五坪、地上五階地下一階、総戸数一五八戸と同潤会の中では小ぶりである。特徴としては「わが国始めての公営による単身女性専用の集合住宅」ということがあげられよう。というか母子用集団住宅を除けば、これが最初で最後であったかもしれない。戦災にあわず、分譲をせず賃貸方式のまま、住宅営団へ移され、戦後、都に管理運営が引きつがれた。

このアパートも何度か居住者のお話を聞きに足を運んだのだが、ガードが固く、中に入れなかった。女子専用アパートであることと、何度か改築の話が持ち上がり、追い出されるのではという不安から、居住者は外部の立ち入りを許さないのである。同潤会には優れた男性の研究者が多いが、彼らはもっと手厳しい目にあったという。

玄関の円柱のアールデコ風な装飾も美しい。数段上ると中庭に出る広いホールがある。かつて男性の来訪者はここで応接された。両外開きのドアが二つあり、お茶会や朗読、音楽会などしたら楽しそうだ。そこから、広くはないが印象的な中庭へつながる。

他の同潤会に比べ、軽やかなやさしいデザインの手摺りの階段を上る。各階の個室はさすがに狭い。一戸、四・五畳から六畳ほどで、和室もある。洋室にはベッドと造り付けの下駄箱や棚があった。そういえば高校で化学を教わった木村都先生は、この一室に住まわれていた。のちに桜蔭学園の校長になられてからも、この究極の方丈に寝起きしておられたらしい。建築家の村上美奈子さんは、

「木村先生が担任なので何度も遊びに行きました。女性も専門的な職業を持つのが当然だ、ということを態度で示して下さって、私が芸大の建築科に再度、挑戦するときも当り前のように調査書を書いて下さった。書庫は別に借りておられましたが、ここがとてもお気に入りでした」

いつも白衣を着て、学問以外に関心がなく、マリー・キュリーみたいだった木村先生に動かされ、医学や生化学、物理、建築など、それまで女性の少なかった分野へ進んだ同窓

生は多い。中村桂子さんと松原純子さんも対談でそう語り合っておられた。

理数系が不得意だった私は、木村先生を目指すことはなかった。しかし一度、ひどく叱られたことがある。試験管に薬品を入れてただ振ればよいところ、うっかりアルコールランプにかざし、薬品が爆発したのである。誰が火を付けてといいましたか、私たちのグループは先生に二時間つかまって叱られた。その真剣な説教は、むしろその人格に対する尊敬を芽生えさせた。

木村先生はお茶の水から桜蔭学園に移られ、その感化力で、同校を、どちらかといえばお嬢様学校から、専門職をもつ自立した女性を育てる学校へと変えた。桜蔭の東大入学者数だけを見るのはまちがっていよう。

大塚女子アパートはこのような女性専門職のパイオニアが住んでいたところである。小野アンナさんがここでバイオリンを教え、戦後、戸川昌子さんはここを舞台に小説を書いた。

世間では一間一ヶ月七、八円のころ、電灯代、水道代、入浴代も含めて一ヶ月十四円五十銭を払わなくてはならなかった。しかも保証人が二人、月給が五十円以上というのが入居条件。昭和五年というと、昭和二年の恐慌がじわじわと効いて、男子も「大学は出たけれど」の就職難ではあったが、大正デモクラシー期に、自由と自立を知ってしまった女性たちはタイピスト、電話交換手、車掌、事務員として働きはじめた。

「帝都の職業婦人で、家庭外にある独身者に安全快適なる住居を与えるため」に作られたこのアパートに入った女性はその中でも高収入の人びとである。(安田容子「大塚アパートの五十八年」『婦人公論』一九八八年)

屋上にはきれいなサンルームがあり、デスクに本が並んでいた。植木鉢も多い。他の同潤会では屋上に洗濯室と物干し場があるのに、ここでは別に四階に設けられている。そちらにはブラウスやエプロンがピシッと干されている。その分、屋上の方は所帯染みた感じがなく屋上庭園という感じである。地下には共同浴室やシャワーがあったが、現在は用いられていない。共同食堂もあり、働く女性たちは炊事や風呂焚きから解放され、一階には喫茶店、パーマ屋、洋裁屋が入って便利だったという。

日本女子大で行なわれたシンポジウムでは、「近代女性の自立を象徴する建物で記念性がある。ぜひ残したい」「全体が都の持物で権利関係が単純、同潤会の中で残せるのはこれしかない」という声が強く聞かれた。

現在百五十戸のうち、四十戸ほどしか使われていない。多くの居住者が老人ホームに越し、あるいは亡くなり、入院中の方もある。文京区は老朽化が著しく周辺景観への問題もあると、ファミリー世帯住宅などへの建て替えを要望しているが、少なくともこの「景観上の問題」というのは根拠がないように思う。

ただこうした古い建物を住民も形態もそのままに使うのはむずかしいことは確かだ。古い建物に嫌気がさし、もてあましている所有者が多い一方、新建材の明るい建物より、歴史を感じさせる陰影のある建物に住んでみたい、という若い世代も多くいる。十八年来、確認してきたことだ。ひとつは住みたい人へ、住み手のチェンジが考えられる。

もうひとつは、古い建物を活用していくにしても改修による居住性の改善《リノベート》が必要だろう。大胆な用途の変更、すなわちアパートをギャラリーや集会所に変えることも考えてよい。

昨年秋、イギリスの帰りウィーンに立ち寄って、分離派のさまざまな建物とともに、ちょうど同潤会と同じ時期に建てられた集合住宅カール・マルクス・ホーフが改修されていまも住まわれているのを見た。二戸を一戸につなげたり、バルコニーに庇をつけたり、外壁をとりかえたり、そのうえで花を植えたりと、記念性はそのままに、生きいきとした住居であった。日本でもそのような改造・修復の技術はあると思うのに、なぜかすぐスクラップ・アンド・ビルド策がとられてしまう。

場所は文京地区の駅前の一等地である。女子留学生のためのアパートとか、ユースホステル、国際交流のための施設とか、いくらでもアイデアは思いつく。専門家も含むＮＰＯなどをつくって、各戸の改修コンペなどもやればなお楽しいと思う。

帰りがけに、アパートの住人という女性に話しかけられた。

「戦前からもう六十年以上あそこにおります。あなたの先生ともおつきあいがありました。私たちのころは一定の収入のある人しか入れなかったのですが、戦後、都営アパートになったら、こんどは所得の上限が決められ、入ってきた人たちは言葉も乱暴だし、住み方のルールは守らないし、とても仲良く棲める所ではなくなってしまったのです」

あれこれ勝手な夢想をしていたのが、現実に引き戻された感じである。「戦後、低所得者の入居により住民の階層が変化した」と研究者がいうのは、このことだろう。事はそう単純ではない。

自分が使った「リノベーション」という言葉より、同じ改築でも「リストア」とか「リフォーム」の方が、そうした傷を乗り越える、やさしくふさわしい言葉に見えてきたのだった。

三ノ輪浄閑寺にて

荒川区の三ノ輪あたりは、気がおけなくて好きな町である。

ここに吉原の投げ込み寺として知られた浄閑寺がある。葬られた遊女の数二万五千。「生れては苦界、死しては浄閑寺」という花又花酔の句で有名で、遊女若紫の墓とか、巡査と心中した盛紫（盛絲）の墓がある。

私は新吉原の外の町、竜泉寺界隈を描いた一葉「たけくらべ」のテレビ番組をつくるため、昨年夏も白いパラソルを携えてこの寺を訪れた。そのさい、ご住職の姉にあたる戸松泉さんから来年の荷風忌でお話を、と頼まれてしまった。

遊女に心を寄せた荷風は何度かこの寺を訪れている。ひとり暮らしの最期について、荷風は最初は、「余死する時葬式無用なり。死体は普通の自働車に載せ直に火葬場に送り骨は拾ふに及ばず。墓石建立また無用なり」（『断腸亭日乗』昭和十一年二月二十四日）と書いていた。

ところが翌年六月二十二日、「余死するの時、後人もし余が墓など建てむと思はば、この浄閑寺の塋域娼妓の墓乱れ倒れたる間を選びて、一片の石を建てよ。石の高さ五尺を超ゆべからず、名は荷風散人墓の五字を以て足れりとすべし」と記している。これについては尊敬していた森鷗外の遺言、「墓ハ森林太郎墓ノ外一字モホル可ラズ」が当然、思い起こされる。だが結局、実現はせず、荷風は雑司ヶ谷墓地永井家代々の墓に葬られた。

とにかく四月三十日の荷風忌には、荷風の敬愛した人鷗外について話すことにした。私は荷風のよい読者ではないことだし。


鷗外は文久二（一八六二）年、石見国津和野の御典医の家に生れた。いまの東大の医学部を出て陸軍に入り、明治十七年、陸軍からドイツに国費留学した。二度の結婚をして計五人（一人は夭折）の子をもうけたが、花柳の巷は好まず、役所から早々帰ると夜は家で翻訳に評論に筆をとった。

一方、永井荷風は十七年ののち、明治十二（一八七九）年、東京の山の手、小石川金富町に生れた。祖父は尾張の儒者、父は日本郵船の重役。病弱で中学を中退、広津柳浪に師事して小説を書き、朝寝坊むらくの弟子となって高座に上り、福地桜痴に引かれて芝居の裏方をつとめた。その高踏遊民ぶりを見かねて、父は財力をもって米欧へ行かせ、銀行員となしたが続かず、帰って「ふらんす物語」「あめりか物語」を書く。妻子を持たず、死ぬまで花柳の巷を徘徊した。

こう書くだけで水と油のように対照的である。鷗外と荷風は最初、明治三十五年春、伊井蓉峰が鷗外作の劇「玉篋《たまくしげ》両浦島《ふたりうらしま》」を上演した、その市村座で会った。紹介したのは小栗風葉だといわれる。

「われ森先生の謦咳に接せしはこの時を以て始めとす。先生はわれを顧み微笑して『地獄の花』はすでに読みたりと言はれき。余文壇に出でしよりかくの如き歓喜と光栄に打たれることなし」(「書かでもの記」)

まだ市中に電車がなく、その夜、荷風は下谷市村座からお茶の水の流れにそって、麹町の家まで歩いて戻った。尊敬する人に会い、認められた喜びで、荷風の心ははずみ、遠さを感じなかった。ときに鷗外四十一歳、荷風二十五歳。

鷗外は前年、二番目の妻しげを迎え、この年一月七日に長女茉莉が生れた。位としては少将待遇の軍医監で、その翌年三月には日露戦争に赴くことになる。一方、荷風も三十六年からアメリカに行き、三年帰らなかった。

再会は明治四十一年十一月二十日、鷗外日記に「夜永井荷風来訪す」、このときの荷風の礼の葉書が鷗外記念本郷図書館にある。

「帰国以来はオペラも音楽もなく夜は暗いばかりの処、先生が西国芸苑の談話にそゞろ蘇生の思致し候」

夜の九時ぐらいから芝居やコンサートの幕があき、人びとが夜の街をそぞろ歩くヨーロッパやアメリカから帰っての無聊を、荷風は鷗外との会話に慰めた。このとき鷗外は四十七歳で軍医総監であった。そして翌年「半日」「仮面」「魔睡」「金毘羅」と一気に小説を書き、四十三年「青年」を「昴」に連載する。この鷗外の執筆再開は主に漱石の「吾輩は猫である」に刺激されたといわれているが、一方で才力ともに格闘できる荷風の出現にもよるであろう。

しかし荷風の「ふらんす物語」や「歓楽」は発禁になり、京都の三高への就職も不調といった不運が重なる。折しも明治四十三年一月、慶応義塾の文科刷新に関与した鷗外は、荷風を教授として推薦する。この恩義が荷風の尊敬の原因とみる人も多い。だが荷風のような人にとっては、恩義よりも、鷗外の作品と人格そのものへの尊敬の方が、はるかに大きかったと思われる。

荷風が権威主義や偽善や追従を激しく憎んだことは『断腸亭日乗』を読めば分かる。文士気取り、無礼、放埒をも憎んだ。鷗外は荷風にとってまさにこうした態度の対極にあった。

「日和下駄」中、荷風が鷗外の観潮楼を訪ねるくだりがある。その頂上に観潮楼のある藪下道を、荷風は「東京中の往来の中で、この道ほど興味ある処はない」といい切る。片側が柳と竹藪、片側が崖で、その向うに谷底の民家の屋根が見えるという景色の興趣ばかりではない。そのほとりに尊敬する鷗外の邸があるからである。そこを荷風は親しく訪ねた。

惜しいかな、そこから潮を観る機会はない。しかし「私は忘れられぬほど音色の深い上野の鐘を聴いた事があつた」。鷗外は食事中で、荷風は一人楼上に案内された。明窓浄机というべきさっぱりした室で、飾りもない。うずたかく積重ねた洋書が六枚屛風で隠されているのすら、これみよがしを嫌う荷風には好もしく思えた。

「私は振返つて音のする方を眺めた。千駄木の崖上から見る彼の広漠たる市中の眺望は、今しも蒼然たる暮靄に包まれ一面に煙り渡つた底から、数知れぬ燈火を輝し、雲の如き上野谷中の森の上には淡い黄昏の微光をば夢のやうに残してゐた」

何度、このくだりを写しても飽かない。そして悲しくなるのは、観潮楼前から、かつてあったこの景色がまったく失なわれていることである。ことに八〇年代のバブルは根津の谷をビルで埋め、この高低差はまったくといっていいほど感ぜられなくなった。

「ヤア大変お待たせした。失敬失敬」と梯子段を上ってくる鷗外はまるで書生のようだ。金巾《かなきん》の白いシャツ一枚、赤い筋の入った軍服のズボンをはいたままの鷗外は「日曜貸間の二階か何かでごろごろしてゐる兵隊さんのやうに見えた」。この気さくな開かれた様子を荷風は慕った。また行状の問題は知りながらも嘘がなく率直な荷風を、鷗外は愛した。

大正七年正月二十四日「鷗外先生の書に接す。先生宮内省に入り帝室博物館長に任ぜられてより而後全く文筆に遠ざかるべしとのことなり。何とも知れず悲しき心地して堪えがたし」

大正八年三月二十六日「……この日糊を煮て枕屏風に鷗外先生及故人漱石翁の書簡を張りて娯しむ」

大正十年十月二日「先生余を見て笑つて言ふ。我家の娘ども近頃君の小説を読み江戸趣味に感染せりと。余恐縮して答ふる所を知らず」

大正十一年七月九日「早朝より団子阪の邸に往く。森先生は午前七時頃遂に纊《こう》を属せらる。悲しい哉」

八月九日「曇りて風涼し。森夫子の逝かれし日なれば香華を手向けむとて向嶋弘福寺に赴く」

大正十二年五月十七日「……夜森先生の渋江抽斎伝を読み覚えず深更に至る。……叙事細密、気魄雄勁なるのみに非らず、文致高達蒼古にして一字一字含蓄の味あり」

鷗外と荷風の共通点をいえば、この抽斎伝にも見られる散歩と掃苔の趣味があげられよう。荷風は「渋江抽斎」に感じて「下谷叢話」をつくった。七月九日は奇しくも鷗外・柳村（上田敏）二人の忌日であり、大正十五年、与謝野鉄幹・平野万里が発起人で上野精養軒で追悼会を催すが、荷風は行かず墓参りをしている。

昭和二年七月九日、午後、この日も弘福寺を訪ねた荷風は、「慶應義塾大学教授文化学院教授与謝野寛」という名刺をさげた花を見る。「先師の恩を忘れず真心よりその墓を拝せむとならば人知れず香華を手向け置くも可なるべし。肩書付の名刺を附け置くは売名の心去らざるが故なり」と切りすてている。荷風、いかにもな気がする。

これで嫌気がさしたのか、いや鷗外の墓が震災復興で墨堤を広げることにともない、向島から郊外の三鷹禅林寺に移されたためか、日記に当分、墓参の記事は見えない。ひたすら鷗外全集を読むことで、荷風は師と対話していた。おそらく鷗外との思い出を反芻した。

昭和十八年十月二十七日、午後、荷風はふと思い立ち渋谷から吉祥寺行の電車に乗った。三鷹で降り、人力車で禅林寺に至る。「檜の生垣をめぐらしたる正面に先生の墓、その左に夫人しげ子の墓、右に先考の墓、その次に令弟及幼児の墓あり」。荷風より年下のしげも、夫鷗外の死後、あまり幸福とはいえない晩年をおくり、昭和十五年に亡くなっている。荷風はこの再会の感動を絵入りであらわす。「歳月人を待たず、先生逝き給ひしより早くもここに二十余年とはなれり」

そして昭和三十四年四月三十日、荷風が八十歳で亡くなった時、枕元には鷗外の「渋江抽斎」が、座右に鷗外全集があったという。

なぜ鷗外が荷風を愛したのか、もう一つ気づくことがあった。それは再会の明治四十一年、これは鷗外にとっては悲惨な年である。一月十日、弟篤次郎が亡くなった。二月五日、次男不律が百日咳で死亡。茉莉も同じ病気で死の際から引き返した。

篤次郎は筆名三木竹二といい、「しがらみ草紙」以来、つねに翻訳でも編集でも鷗外の片腕であった。その愛する弟を失った穴を、同じく江戸に通じ、芝居、浮世絵、音曲にくわしかった荷風で埋めたのではないか、と思えるのである。

秋庭太郎『永井荷風』には、明治四十二年ごろ、鷗外が荷風に身内の女性を媒《なかだち》しようとしたことが書かれている。これはもしかして、弟の残された妻久子を世話しようとのことではなかったか。ほかに身内の女性が思いつかないのである。

そんなこんなを考えて、浄閑寺へ赴いた。荷風が「われは明治の児ならずや」とうたった碑がある。

一葉落ちて紅葉は枯れ……
円朝も去れり紫蝶も去れり……
柳村先生既になく鷗外漁史も亦姿をかくしぬ

「紫蝶」は柳家紫朝のことだろうか。「震災」と題されたとおり、大正十二年九月一日で明治がことごとく吹き払われた、という荷風の嘆きが、ふいに胸にせまってきた。

音を探す旅

小さいころ読んだ本で、あらすじや主人公の名前は覚えているのに、題名も作者も思い出せないことが多い。物忘れがはげしくなる年頃なのかとも思うが、もどかしくて気になって仕事が手につかなくなる。

ほら、こんな感じの話、あったでしょ、というとああそれそれ、と探し出してくれるのが児童読物の探偵赤木かん子さんであった。私は彼女の本で、あかね書房の国際アンデルセン賞のシリーズ、『まぼろしの白馬』だの『バランキン君のふしぎな一日』だのを思い出した。あれは胸が踊る本ばかりのシリーズだった。もう一つ、十代で自死してしまった少女が書いた『みぞれは舞わない』という詩文集に夢中になったことがあるのだが、いま手元にないし、タイトルも出版社も忘れてしまった。もちろん国会図書館へ行って調べればいいのだが。

ラジオから音楽が流れてきて、ルーラルーラルラーという甘い懐かしい声が聞こえた。これは会合から酔って帰ってきた父が、コートの衿をたて、手に小さな鮨の折詰を持ったまま、玄関わきの電柱に寄っかかって揺れながら歌っていた歌だった。NHKのアナウンサーが「アイルランドの子守唄」をお届けしました、と律義に告げたときは私はのけぞって笑った。何十年来、曲はよく知ってるのにタイトルを知らなかったのだから。

かと思うとこんなこともある。

仕事が一段落して懸案の大掃除、といってもたまった資料を捨てたりファイルに入れたりの中掃除をしていたら、ベッドの下から封もあけてないCDが一枚出てきた。槙小奈帆《さなほ》というシャンソン歌手で、さっそくかけてみると、すばらしくうまい。一つ一つの言葉が曲の中から立ちあがり、パズルのように一つの世界をつくり出す。

自分で買った覚えのないCD。首をかしげ、パソコンで検索してみた。多くはないがこの人のことがわかった。一九六九年に文部省の技官からシャンソン歌手に転向した人のようである。ファン向けに書かれたお便りに、知っている人の名が二つ出ている。そのお一人、NHKラジオのディレクター、小野悦子さんが下さったのかもしれない。

小野さんは長寿番組「日曜喫茶室」を担当して、最初、はかま満緒さんのゲストに私を招いて下さった。その後、はかまさんといっしょにゲストの話を聞く「常連のお客様」という役どころで何回か出たことがある。ラジオのスタジオは古びた木の机に昔風のえんじ色のベルベットの布がかかっていて、本当にアシスタントのアナウンサーが、喫茶店のウェイトレスよろしくコーヒーやジュースを運んでくれるのである。

小野さんは五十代半ばだったろうか、落ちついたアルトで、不思議なイントネーションの話し方をした。私に子どもたちがいるのを気遣って、いつも録音の時間が押すのを気にしてくれたし、軽食のとび切りおいしいカツサンドを子どもの人数分お土産に下さる、やさしいディレクターだった。

私があるエッセイに子宮ガンの検査にひっかかったことを書いたら、とつぜん電話があって、もっと精密な検査を受けるように、病院を紹介する、とうむをいわせぬまじめな声でいうのである。次の日には子宮ガンを特集した雑誌が郵送されてきた。次に会うとわざわざ局内の喫茶店に呼び出し、病気を軽く考えちゃいけません、とさんざ叱られた。

小野さん自身、何年か前に手術されたのだという。夫も子どももいないからいいけど森さんは、とまた正面から諭される。本気に心配してくれていた。

「入院していたとき同室に高校生の女の子がいました。付き添いのお母さんが夜中に泣いているの。もう何ていっていいのかわからなかった。退院してしばらくして検査に行ったらそのお母様に会いました。若いから進行が早くてもう亡くなったかなあ、と胸ふさがれていると、娘はすっかり元気で学校に通ってます、今日は薬をとりに、というの。ガン細胞が消えちゃったんですって。若いとそういうこともあるのね」

小野さんの症状のことは聞きもらした。それからずっとお会いせずに、ある日、小野さんが静かに、しかしやるべきことの始末はすべてつけて逝かれたことを知った。本当に見事なこの世からの消え方だった、と何人かの人から聞いた。その人が私に残していったのがこのCDなのかと思うと、音楽が深くなった。

シャンソン、カンツォーネ、ファド、ジャズ、昔、打ち込んだいろいろな曲を思い出す。どうしても聞いてみたい曲もないわけではない。ことに、リッチー・バイラークといったっけ、LPを持っていたが、あのピアノソロは疲れた体に効きそうな気がして、私はCD屋に二度か三度足を踏み入れた。大体、新刊書店だって大書店はあの本の量が怖くて入れないのである。CDにいたっては選ぶ知識も規準もないから、入っても入口でウロウロしては出てきた。

久しぶりにともかくジャズの棚にたどりつく。でRの棚を見たら、ありました。リチャード・バイラークの一九七七年、ルートヴィヒスブルク録音のが。曲名はわからぬが、この年、私が大学を卒業して勤めはじめた会社の先輩がくれたLPだから、これにちがいない、そのとき演奏家三十歳。

四半世紀前の録音だけど、いい音だし文句のつけようのないピアノ技術だ。兼常清佐はピアノは再現芸術であり、同じピアノは誰が叩いても同じ音がする、といっているが、どうしたらこんな粒立った音が出るのだろうか。

この静かなジャズは、死んだ人を悼む音楽のようにも聞こえ、心がゆれる。地域雑誌をつくり、町の老人と多く接していると、お世話になったあの方、この方の訃報に接することが多い。写真評論家の西井一夫さんも亡くなった。詩人の矢川澄子さんは死を選ばれて、呆然とした。『昭和二十年東京地図』を本棚から引っぱり出して、なぜ西井さんは町に対してあんなに暗い情熱ばかりを語りつづけたのか。『おにいちゃん』を読み返し、矢川さんはなぜ澁澤龍彦を書きつづけることから逃れられなかったのか、くらくらする頭で考える。考える途上である。


大阪で森まゆみさんという人が殺されたニュースの日、パソコンのメールで何人かの友が気遣ってくれた。森という名字はなんでも全国で二十六番目に多いし、まゆみという名もありがちである。それでも森真弓とか森真由美でなく本当の同姓同名はめずらしい。その人は大阪の二十八歳の主婦で、ストーカー殺人とも言われているが、若い男にマンションの自宅で殺され、赤ちゃんも風呂場で殺されていた、というのがなんとも無惨で嫌な気がした。モリマユミでなくハヤシマスミという名の人もずっとこんな嫌な気分なのだろうと思う。

インターネットで森まゆみをひくと千件近くひっかかる。もちろん全部私のでなく、メディアに登場する森まゆみ氏はプロゴルファー、占星家、医師がいる。数は少ないが、運送会社社長やパン屋さんもいる。

ずいぶん前、モリマユミという方からご連絡があった。図書館などから私の本の問い合せがそちらへ行ったりしているようだ。私の方へもその方の本の問合せが来た、ジャンルがまったくちがうのにわけがわからない。共通の知人がいて、面白いから会いましょうということになり、新宿の居酒屋でお目にかかった。

同姓同名の方というのはちょっと気恥かしく、大体、お互い何とよんでいいのか。その方は東大の医学部を卒業した医師でいまは難病の子どもたちの治療で成果をあげられている。ばかりか、素人のオペラ劇団に参加され「椿姫」などを歌っているという。同じ難病をかかえた世界的テノール歌手ホセ・カレーラスのチャリティ・コンサートも日本で実現させた。私よりいくつか年上だが、魅力的でのびやかな感じの方だった。音楽が好き、という共通点で話がはずんだ。

短いいのちだけれど、こういうふとした出会いがうれしく心に残る。半月ほど前、私はイタリアの田舎を車で走っていた。大都市はすべて迂回して、小さな村や町だけを地図でたどっていく、ミラノからずっと下ったあたりで、ブッセートという町に入ると、何の予告もなくヴェルディの看板があらわれた。ややあってヴェルディの住んだ家の前にバタンと出た。中は修復中で見られなかったが、堀をめぐらし、館というべき豪華な邸である。

小ぶりな町で中心街に近づくのがたやすく、私は降りてヴェルディ劇場や、町中にあるヴェルディの別の邸、後援者の邸など見てあるいた。劇場では翌日の夜ならオペラが見られるはずだった。それでも練習らしい声や管楽器が響くだけで、私は十分満足した。ヴェルディの元邸の一階にカフェ・ヴェルディがあって、そこで一杯のカプチーノを飲んだ。その並びのCDショップではマリア・カラスの「ナブッコ」が流れている。

さあ、それから私の中にかつて蒔いておいた物の種が芽を吹き、きざして止まらなくなった。私は旅行中、ずっと椿姫の「ああ、そはかの人か」やリゴレットの「慕わしき御名」、アイーダの「勝ちて帰れ」、「レクイエム」のメゾソプラノの独唱、そして運命の力のレオノーラのアリアを口ずさみつづけた。これが一番好きな曲である。

四つからピアノを始めたけれど、練習不足でモノにならず、中学からは並行して声楽の先生についた。十代までに読んだ本が不思議と細部まで思い出すように、歌詞はすべて身についている。

その後、結婚、出産、育児と長い時がすぎ、私の口には子守唄しかのぼらなかった。ずっと忘れていた、というか歌うことがぜいたくのように思っていたアリアたち。たまにうたうと「お母さん、やめて、うるさい」といわれた歌を、イタリアの野で歌いつづけた。もうそういうゼイタクをしたっていいんだ。あとが短いんだからと思いながら。

あとがき

あらためて読み返し、なんと時間が早くすぎていくのか、その早い時間の中を私は生かされてきたのか、と驚く。

違和感のあったパソコンや携帯に私は徐々に馴れてしまった。ハンセン病の国家賠償訴訟は元患者らの全面勝訴となった。インドネシアではダヤック族とマドゥラ族の対立抗争が起こり、私の通ったパランカラヤの市場付近でも数百人が殺されたという。次はいつ行けるのか見当がつかない。「そう嫌いじゃない」と書いたニューヨークで9・11のテロが起こり、アメリカは報復のため、アフガニスタンを空爆し、無辜の人びとが多数、殺傷された。お会いした時は「誰もアフガンのことを知ろうとしない」とおっしゃった中村哲さんは時の人となり、みながアフガンで起きている事実を知りたがり、中村さんの講演会はいつも満杯、入れない人が多く出た。佐藤さんから牛をめぐる数々の話を聞いた直後、狂牛病騒ぎがあった。

何とたくさんのことが起こったのか。それを消化しないうちに、次のことが起こり、移り気なマスメディアは前に起こったことを忘れてゆく。しかもこのところ、私はすべての問題に少しずつ先回りして出会ってきたような気がする。それが不思議だ。

いま六月の末、テレビは日韓ワールドカップ一色である。韓国チームが善戦している。しかしイタリアに勝った光州のスタジアム。そこでたった十数年前に光州事件が起こり、公式発表で二百人、おそらくずっと多い人が殺されたことはマスコミは伝えていない。

足を地につけたい。もっとゆっくり考え、そして暮らしたい、とずっと思ってきた。不登校、不景気、リストラ、自殺……ともすれば晴朗さを失いがちな毎日のなかで、友人が教えてくれた

Let's go whistling under any circumstance

が耳に鳴る。丸山眞男さんの言葉、だそうである。

二〇〇二年六月

森まゆみ

あとがきのあとがき

先週、上海へ行った。しゃんはい、その音を聞くだけでもう行きたくてたまらなかった。知りあった男のひとにバスで郊外の水郷、朱家角《しゆかかく》に連れていってもらった。縦横に水路が走り、柳が風にゆれ、うらうらとしてなんとも夢のようなところ。風が吹く水辺のテラスで、川えびをしょうがでゆでたのや空心菜の炒めものでビールを飲んでいたら、女の占い師がやってきた。最初の人には首を振ったが、二度目はお皿も空きそうだったので、なんだか断われなかった。

アメリカの先住民族のような褐色の肌、しかしシミ、シワ一つない。白い尖った歯。長い髪。そのひとはいった。あなたには三人子どもがいます。いちばん上の人はまったくコントロールできない。当たり、と胸が鳴った。もちろん訳してもらったのだが、同行者は北京語しか話せず、上海の、それも田舎の言葉は十全に分からない、といった。

あなたは二十五までに結婚するとうまくいかない。そのあとなら幸せになる。二回の結婚運が出ています。六十九歳で病気をするが死にはしない。九十一まで生きるでしょう。子どものことは放っときなさい。それよりあなた、九つの才能のうち三つしか使っていない、と私の手の平を抑えていった。十元を払い、彼女が去ったあと、わたしは残りの六つの才能を使おうとあれこれ考えた。歌手、居酒屋の経営、親切な不動産屋、芝居もやってみたいし、アジアの言葉も話したい……。それにしても七十三といわれなくて良かった、でもなーんだ、一〇二までは生きられないのか……。自分の寿命を知らされるのは、なんとも味気ない気がした。

どうか神様、わたしのローソクを吹き消されませんように。

著者略歴

（もり・まゆみ）

1954 年東京都文京区動坂に生まれる．早稲田大学政治経済学部卒業．地域雑誌「谷中・根津・千駄木」編集人．主な著書『谷中スケッチブック』『不思議の町・根津』『「谷根千」の冒険』（ちくま文庫）『鷗外の坂』『明治東京奇人傳』（新潮文庫）『一葉の四季』（岩波新書）『森の人　四手井綱英の九十年』（晶文社）『大正美人伝――林きむ子の生涯』（文藝春秋）『アジア四十雀』（平凡社）『寺暮らし』『その日暮らし』（みすず書房）ほか多数．

森　まゆみ

にんげんは夢を盛るうつわ

2002年8月9日　印刷
2002年8月21日　発行

発行所　株式会社 みすず書房
〒113-0033　東京都文京区本郷5丁目32-21
電話 03-3814-0131(営業)　03-3815-9181(編集)
http://www.msz.co.jp

本文印刷所　三陽社
扉・表紙・カバー印刷所　栗田印刷
製本所　鈴木製本所

ISBN 4-622-07001-4
落丁・乱丁本はお取替えいたします